좁은 문

La porte étroite

좁은 문

차 례　　　La porte
étroite

/

/

1장

다른 사람들이라면 이 이야기로 책 한 권을 엮었을지도 모르겠다. 하지만 나는 지금부터 이야기하려는 이 일을 온 힘을 다해 겪어내느라 기운이 완전히 빠져버리고 말았다. 그러므로 내가 기억하는 일들만 아주 간단히 적어보려 한다. 그 기억들이 더러 낡고 해졌을지라도 거짓으로 이야기를 꾸며내거나 이어 붙이지는 않겠다. 그런 헛된 노력은 이 이야기를 추억하면서 맛볼 수 있는 내 마지막 즐거움마저 빼앗아갈 테니 말이다.

나는 열두 살도 채 되지 않아 아버지를 여의었다. 아버지가 의사로 일하던 르아브르에 더 이상 남을 이유가 없어지자 어머니는 내가 더 나은 환경에서 학업을 마치기 바라며 파리로 가서 살기로 결심했다. 어머니는 뤽상부르 공원 근처에 있는 작은 아파트를 빌렸고, 미스 플로라 애슈버턴이 우리와 함께 살게 되었다. 가족이 없던 미스 애슈버턴은 처음에는 어머니의 가정교사였다가 동반자가 되었고 곧 친구가 되었다. 나는 이처럼 늘 온화하면서도 슬퍼 보이는 두 여인 곁에서 자라났는데, 내 기억 속의 두 사람은 상복을 입은 모습으로만 남아 있다. 아버지가 세상을 뜨고 꽤 오래 지난 뒤의 일로 기억하는데, 어느 날 어머니는 아침에 쓰는 모자에 검은 리본 대신 연보라색 리본을 단 적이 있다. 나는 그것을 보고 소리쳤다.

"엄마! 그 색깔은 엄마한테 어울리지 않아요!"

다음 날 어머니는 다시 검은색 리본을 달았다.

나는 다소 튼튼하지 못한 체질이었다. 어머니와 미스 애슈버턴은 내가 피곤에 지칠까 봐 늘 노심초사하며 정성스럽게 보살펴주었는데, 내가 이런 보살핌을 받으면서도 게으름뱅이가 되지 않았던 것은 그나마 공부에 큰 흥미를 느꼈기 때문이다. 화창한 초여름의 날씨가 다가오기 무섭게 어머니와 미스 애슈버턴은 도시에서는 기운을 차리지 못하는 나 때문에 그곳을 떠날 시기가 왔다고 확신했다. 그래서 우리는 6월 중순 즈음에 르아브르 부근에 있는 퐁괴즈마르로 떠났다. 그곳은 매년 여름 우리를 맞아주는 뷔콜랭 외삼촌이 살고 있었다.

뷔콜랭 외삼촌의 3층짜리 흰색 집은 그리 넓지도 아름답지도 않은, 노르망디 지방의 다른 정원들과 크게 다를 바 없는 정원으로 둘러싸여 있었으며, 18세기에 지어진 시골집들과 비슷해 보였다. 동쪽 정원 앞으로 20여 개의 커다란 창문이 나 있고, 정원 뒤쪽으로도 그만큼의 창문이 나 있지만 양옆으로는 하나도 없었다. 창문에는 작은 창유리들이 끼워져 있는데, 그중 최근에 갈아 끼운 몇 장은 색이 바래 푸르스름한 빛이 도는 오래된 창유리들 사이에서 단연 투명하게 보였다. 어떤 창유리에는 친척들이 '기포'라고 부르는 흠이 있었다. 그런 창문을 통해 밖을 내다보면 나무가 휘청휘청하거나 그 앞을 지나가는 집배원의 등에 별안간 혹이 생겨나기도 했다.

직사각형 모양의 정원은 담으로 둘러싸여 있었다. 집 앞에는 꽤나 넓고 그늘진 잔디밭이 있었고 그 둘레로 모래와 자갈이 깔린 좁다란 길이 나 있었다. 이쪽부터는 담이 낮아져 정원을 둘러싸고 있는 농가의 안뜰이 내다보였는데, 이 지방 방식대로 너도밤나무 가로수 길이 경계를 나누고 있었다.

서쪽으로 난 집 뒤쪽 정원은 훨씬 더 트여 있었다. 남쪽의 과수원 앞에는 아름다운 꽃이 만발한 산책로가 있었는데, 포르투갈산 월계수들과 다른 나무 몇 그루가 촘촘한 장막을 쳐서 바닷바람을 막아주었다. 또 다른 산책로는 북쪽 담을 따라 길게 이어지다가 나뭇가지들 사이로 사라졌다. 내 사촌 누이들은 이 길을 '검은 산책로'라고 부르며 석양이 지고 난 뒤에는 좀처럼 가지 않으려 했다. 이 두 산책로를 따라가다 보면 채소밭으로 통하는데, 거기서 몇 계단 내려가면 아래쪽 정원과 이어져 있었다. 채소밭 안쪽 깊숙한 담장에는 작은 비밀 문이 뚫려 있었다. 그리고 그 너머로 너도밤나무가 여기저기 흩어져 있는 가로수 길이 나 있고 그 끝에 잡목 숲이 있었다. 서쪽 현관 앞 계단에서는 잡목 숲 너머로 넓은 들판을 가득 채운 농작물을 감탄하며 바라볼 수 있었다. 지평선 위로 그리 멀지 않은 곳에는 작은 교회가 서 있고, 바람이 잔잔해지면 몇몇 집에서 연기가 피어올랐다.

아름다운 여름날 저녁마다 우리는 식사를 마치고 나서 '아래 정원'으로 가곤 했다. 작은 비밀 문을 열고 밖으로 나가면 마을이 조금 내려다보이는 가로수 길의 벤치가 있었는데, 외삼촌과 어머니 그리고 미스 애슈버턴은 이곳에 자리 잡고 앉곤 했다. 근처에는 얼기설기 엮은 초가지붕이 있었다. 눈앞의 작은 골짜기에는 안개가 가득하고 저 멀리 숲 위에서는 하늘이 황금빛으로 물들고 있었다. 우리는 이미 어두워지고 나서도 정원 모퉁이에서 늦게까지 시간을 보냈다. 우리가 집 안으로 들어오면 외숙모가 응접실에 앉아 있었다. 외숙모는 우리와는 좀처럼 밖으로 나가려 하지 않았다……. 보통의 경우 아이들은 여기서 저녁 시간을 끝내야 하지만 우리는 종종 어른들이 올라오는 소리가 들릴 때까지 밤늦도록 방에서 책을 읽곤 했다.

정원에서 보내는 시간을 제외한 대부분을 우리는 외삼촌의 서재에 초등학생용 책상을 몇 개 갖다놓은 '공부방'에서 보냈다. 나와 사촌 동생 로베르가 나란히 앉고 알리사와 쥘리에트가 우리 뒤에 앉아서 공부했다. 알리사는 나보다 두 살 위, 쥘리에트는 나보다 한 살 아래였으며, 로베르가 우리 넷 가운데 가장 어렸다.

나는 내 어린 시절의 추억이 아니라 지금부터 하려고 하는 이야기와 관련된 추억만 쓰려고 한다. 이 이야기는 아버지가 돌아가신 해부터 시작된다고 할 수 있다. 아버지의 죽음으로, 아니면 내가 느낀 슬픔 탓은 아니더라도 슬퍼하는 어머니의 모습 때문에 내 감수성은 지나치게 예민해졌다. 그것이 새로운 감정을 이끌어냈는지 나는 일찌감치 철이 들었다. 그래서 그해 내가 퐁괴즈마르로 다시 돌아왔을 때 쥘리에트와 로베르는 더욱 어려 보였다. 하지만 알리사를 다시 봤을 때는 문득 우리 둘 다 이제 더는 어린아이가 아니라는 것을 깨달았다.

그렇다, 바로 아버지가 돌아가시던 해였다. 내가 확신하는 이유는 우리가 도착하자마자 어머니와 미스 애슈버턴이 나눴던 대화 때문이다. 우연히 나는 어머니가 친구와 이야기를 나누고 있는 방에 들어갔는데, 두 분은 외숙모 이야기를 하고 있었다. 어머니는 외숙모가 상복을 입지 않았거나 아니면 그것을 벌써 벗어버렸다고 몹시 화를 내고 있었다(정말이지 검은색 옷을 입은 뷔콜랭 외숙모의 모습을 떠올리기란 밝은색 옷을 입은 어머니 모습을 떠올리는 것만큼이나 어려운 일이다). 내 기억으로는 우리가 도착한 그날 뷔콜랭 외숙모는 모슬린 원피스를 입고 있었다. 언제나 그렇듯 타협적인 성격을 지닌 미스 애슈버턴은 어머니를 진정시키려고 애쓰면서 조심스럽게 자기 의견을 내비쳤다.

"어쨌거나 흰옷도 상복이긴 하잖아요."

그러자 어머니가 소리쳤다.

"그 사람이 어깨에 둘렀던 빨간색 숄도 '상복'이라고 하겠어요? 플로라, 당신이 내 화를 더 돋우네요!"

내가 외숙모를 볼 수 있는 것은 여름방학 동안뿐이었으므로 내게 언제나 익숙했던 외숙모의 모습, 하늘거리는 블라우스를 활짝 열어젖힌 차림은 무더위 때문이었을 것이다. 그렇지만 어머니는 드러난 어깨에 걸친 숄의 강렬한 색채보다 어깨와 가슴을 드러낸 그녀의 옷차림이 더 신경에 거슬린 듯했다.

사실 뷔콜랭 외숙모는 무척 아름다웠다. 내가 간직하고 있는 외숙모의 작은 초상화를 보면 왼손으로 턱을 괸 채 교태를 부리듯 새끼손가락을 입술 주위에 살짝 구부리고 있다. 그녀는 딸들과 함께 있으면 큰언니로 오해받을 만큼 앳된 모습이었다. 성긴 그물코 망사로 감싼 한껏 부풀린 머리칼 타래가 뒷목덜미로 반쯤 흘러내리고, 이탈리아식 모자이크 펜던트가 달린 느슨한 검은색 벨벳 목걸이가 깊이 팬 블라우스 사이에 걸려 있다. 커다란 벨벳 리본이 달린 하늘거리는 허리띠와 의자 등받이에 모자 끈으로 묶어둔, 챙이 넓고 부드러운 밀짚모자 등 이 모든 것이 그녀를 더욱 어려 보이게 했다. 아래로 늘어뜨린 그녀의 오른손에는 책이 들려 있었다.

뤼실 뷔콜랭은 식민지 태생이었다. 아마도 부모가 누구인지 모르거나 아주 어릴 때 부모를 여의었을 것이다. 나중에 어머니에게 전해 듣기로는 버려진 건지 고아가 된 건지 알 수 없는 뤼실을 아직 아이가 없던 보티에 목사 부부가 받아주었다고 했다. 얼마 지나지 않아 보티에 목사는 마르티니크를 떠나 뷔콜랭 가문이 자리 잡고 있던 르아브르로 그녀를 데려갔다. 보티에 집안과 뷔콜랭 집안은 서로 자주 왔다 갔다 하며 지냈다. 그때 외삼촌은 외국 은행에서 일하고 있었는데, 3년 뒤 가족 곁으로 다시 돌아왔을 때 소녀가 된 뤼실을 봤다. 그러고는 뤼실에게 반해 곧바로 청혼하는 바람에 외할아버지와 외할머니, 어머니는 크게 속을 썩었다고 한다. 그때 뤼실은 열여섯 살이었다. 그사이에 보티에 부인은 자식을 둘이나 두었다. 부인은 날이 갈수록 점점 야릇한 성격이 되어가는 수양딸이 친자식들에게 영향을 끼칠까 봐 불안해하기 시작했다. 그런 데다 살림도 넉넉지 못했다……. 어머니는 그런 모든 사정으로 보티에 가문이 외삼촌의 청혼을 기꺼이 받아들였다고 했다. 게다가 내 짐작으로는 처녀가 된 뤼실이 보티에 부부를 무척

이나 난처하게 만들기 시작했으리라. 르아브르 지역을 잘 아는 나로서는 그곳 사람들이 그토록 매혹적인 처녀 아이를 어떻게 대했을지 쉽게 상상할 수 있다. 내가 나중에 알게 된 보티에 목사는 온화하고 신중하지만 순진한 면이 있어 책략 앞에서 꼼짝 못하고 악의 앞에서 대책 없이 무너지고 마는 사람이었다. 그러므로 그 선량한 분은 곤란에 처해 있었으리라. 보티에 부인에 대해서는 아무것도 이야기할 수 없다. 그녀는 나와 나이가 비슷하고 나중에 내 친구가 된 네 번째 아이를 낳다가 세상을 떠났기 때문이다.

뤼실 뷔콜랭은 우리 생활에 거의 관여하지 않았다. 그녀는 점심때가 지나고 나서야 자기 방에서 내려왔다. 그러고는 저녁때까지 소파나 해먹에 길게 누워 있다가 맥없이 몸을 일으키곤 했다. 그녀는 이따금 물기라곤 하나 없이 메마른 이마에 땀을 닦아내려는 듯 손수건을 갖다 대곤 했다. 나는 그 손수건의 섬세한 자수보다는 과일 향에 가까운 향취에 감탄하곤 했다. 그녀는 이따금 여러 장신구와 함께 회중시계 줄에 매달려 있는 매끄러운 은제 뚜껑이 달린 자그마한 거울을 허리띠에서 꺼내곤 했다. 그러고선 거울을 보며 손가락으로 입술을 건드리고 침을 조금 묻혀 눈꼬리에 적셨다. 그녀는 종종 책을 들고 있었지만 책장을 펼친 적은 거의 없었다. 책장 사이에는 비늘로 만든 책갈피를 끼워놓았다. 누군가 곁으로 다가가도 그녀는 몽상에 빠져 있을 뿐 시선을 돌리지 않았다. 가끔 방심하거나 나른해진 그녀의 손이나 소파의 팔걸이 또는 치마폭 주름 사이에서 손수건이나 책, 꽃 몇 송이, 책갈피 따위가 바닥으로 떨어지곤 했다. 어느 날 바닥에 떨어진 책을 주워들었다가 그것이 시집임을 알곤 얼굴을 붉혔던 어린 시절의 기억도 떠오른다.

저녁 식사를 마친 뒤에도 뤼실 뷔콜랭은 우리가 모여 있는 가족 테이블로 오지 않았다. 그녀는 피아노 앞에 앉아 쇼팽의 느린 마주르카를 연주했다. 심취한 나머지 때론 박자를 깨뜨리고 화음 하나를 누른 채 가만히 앉아 있기도 했다…….

외숙모 앞에서 나는 야릇한 불편함을 느끼곤 했는데, 그것은 일종의 감탄과 두려움이 뒤섞인 불안한 감정이었다. 어떤 막연한 본능이 내게 그녀를 경계하도록 한 것일지도 모른다. 외숙모는 플로라 애슈버턴과 어머니를 경멸하고, 미스 애슈버턴은 외숙모를 두려워하며, 어머니는 외숙모를 좋아하지 않음을 나는 직감으로 느꼈던 것이다.

뤼실 뷔콜랭, 나는 더 이상 당신을 원망하고 싶지 않으며 당신이 그토록 큰 잘못을 저지른 것도 잠깐 잊고 싶습니다…….
어쨌든 나는 노여워하지 않고 당신 이야기를 해보려 합니다.

그해 여름 어느 날, 아니면 늘 같은 배경 속에서 겹쳐진 내 기억이 때때로 혼란을 일으키므로 다음 해 여름이었는지도 모른다. 나는 책 한 권을 찾으러 응접실에 들어갔다가 외숙모를 봤다. 그런데 평소에는 나를 본체만체하던 그녀가 곧장 나오려고 하는 나를 불렀다.

"왜 그렇게 빨리 가버리려고 하니? 제롬! 내가 무섭니?"

나는 가슴을 두근거리며 외숙모에게 다가갔다. 그러고는 애써 미소를 지으며 그녀에게 손을 내밀었다. 그녀는 한 손으론 내 손을 잡고 다른 손으론 내 뺨을 어루만졌다.

"가여운 것! 네 어머니는 어쩌면 이토록 옷을 형편없이 입혔을까……."

나는 커다란 깃이 달린 세일러복 같은 것을 입고 있었는데, 외숙모가 내 옷을 만지작거리기 시작했다.

"세일러복 깃은 훨씬 더 젖혀놔야 하는 거란다!"

그녀가 내 셔츠 단추를 하나 풀면서 말했다.

"자, 보렴. 훨씬 보기 좋지 않니!"

외숙모는 작은 거울을 꺼내 내 얼굴을 자기 쪽으로 끌어당기더니 맨살이 드러난 팔로 내 목을 감싸면서 풀어헤친 내 셔츠 안으로 손을 밀어 넣었다. 그러고는 웃으면서 간지럽지 않으냐고 물으며 더 아래쪽으로 손을 뻗쳤다……. 나는 소스라치게 놀랐고 그 바람에 세일러복이 찢어지고 말았다. 얼굴이 벌겋게 달아오른 나는 그녀가 "어머! 이 바보 같은 녀석!" 하고 외치는 사이에 도망쳤다. 나는 정원 구석까지 달려가 채소밭의 작은 수조에 손수건을 적셔 이마에 대고는 뺨이며 목이며 그녀가 건드린 곳은 모두 닦고 문질렀다.

어떤 날은 뤼실 뷔콜랭이 '발작'을 일으키곤 했다. 발작은 갑자기 그녀를 사로잡아 집안을 발칵 뒤집어놓았다. 미스 애슈버턴은 서둘러 아이들을 데려가 보살폈지만 침실이나 응접실에서 들려오는 끔찍한 울부짖음을 듣지 못하게 할 수는 없었다. 불안감에 사로잡힌 외삼촌이 수건이나 오드콜로뉴, 에테르 따위를 찾으러 복도에서 뛰어다니는 소리도 들려왔다. 그런 날이면 외삼촌은 외숙모가 여전히 보이지 않는 저녁 식탁에서 근심스럽고 늙어버린 얼굴로 앉아 있었다.

발작이 거의 가라앉으면 뤼실 뷔콜랭은 아이들을 곁으로 불렀다. 하지만 로베르와 쥘리에트만 부를 뿐 알리사를 부르는 일은 없었다. 그런 우울한 날이면 알리사는 자기 방에 틀어박히고 때때로 외삼촌이 그녀를 보러 가곤 했다. 외삼촌은 딸과 자주 이야기를 나눴다.

외숙모의 발작은 하인들에게도 커다란 충격을 주었다. 발작이 유난히 심하던 어느 날 저녁, 나는 응접실에서 벌어지는 일이 그나마 잘 들리지 않는 어머니 방에 머물러 있어야 했다.

그때 나는 어머니와 함께 있다가 식모가 복도를 뛰어가며 크게 외치는 소리를 들었다.

"주인님, 빨리 내려오세요. 마님이 돌아가시게 생겼어요!"

외삼촌은 알리사 방에 올라가 있었다. 어머니는 급히 외삼촌을 찾으러 나갔다. 15분쯤 뒤 두 분이 내가 있던 방의 열린 창문 앞을 무심히 지나갈 때 어머니 목소리가 들렸다.

"이봐, 내가 말해줄까? 이 모든 게 다 연극이라고."

어머니가 음절을 끊어서 "연-극"이라고 말하는 것이 몇 번이나 들려왔다.

이것은 여름방학이 끝나갈 무렵, 그러니까 우리가 상을 당하고 두 해 뒤에 일어난 일이었다. 이후로 나는 외숙모를 더는 보지 못했다. 하지만 우리 집안을 발칵 뒤집어놓은 슬픈 사건과 그 사건의 결말에 다다르기에 앞서 그리고 내가 뤼실 뷔콜랭에게 여전히 품고 있던 복잡하고도 미묘한 감정을 완벽한 증오심으로 바꿔버린 대수롭지 않은 정황을 이야기하기 전에 먼저 내 사촌 이야기를 하려고 한다.

나는 알리사 뷔콜랭이 예쁘다는 사실을 여전히 알아차리지 못했다. 하지만 단순한 아름다움에서 나오는 매력과는 다른 매력에 이끌려 알리사 곁에 머물렀다. 알리사는 확실히 뤼실 뷔콜랭과 많이 닮았지만 그 사실을 한참 뒤에나 알아차렸을 정도로 그녀의 시선에서 뿜어져 나오는 표정은 자기 어머니와는 전혀 달랐다. 나는 알리사 얼굴을 묘사할 수 없다. 얼굴 윤곽과 눈동자 색깔마저도 표현해낼 수 없다. 다만 떠오르는 것은 그녀가 미소 지을 때 이미 서려 있던 슬픈 표정과 눈 위로 한참 올라가 있던 활 모양의 눈썹 선뿐이다. 나는 그런 눈썹을 어디에서도 본 적이 없다……. 단테 시대에 만들어진 피렌체의 작은 입상에서나 봤을까. 그래서 나는 어린 베아트리체도 알리사처럼 커다란 활 모양의 눈썹을 가졌으리라고 상상해봤다. 알리사의 눈썹은 그녀의 시선에, 아니 그녀의 존재 전체에 불안해하면서도 신뢰하는 듯한 의문의 표정을 만들어주었다. 그렇다, 그것은 열렬한 의문의 표정이었다. 그녀에게는 모든 것이 의문이고 기다림이었을 뿐이다……. 이제부터 이러한 의문이 어떻게 나를 덮쳐왔는지, 또 어떻게 내 삶을 이루었는지를 이야기하려고 한다.

그렇다고 해도 더 예쁘게 보인 쪽은 쥘리에트라고 할 수 있었다. 그녀는 보기만 해도 명랑함과 생기가 빛을 발했다. 하지만 언니의 우아함에 비한다면 그녀의 아름다움은 그저 겉모습에 지나지 않았다. 로베르에게는 딱히 특징이라고 할 만한 점이 없었다. 그저 나와 비슷한 또래의 평범한 사내아이였다. 나는 쥘리에트, 로베르와 함께 놀고 알리사하고는 이야기를 나눴다. 알리사는 우리 놀이에 끼어드는 일이 거의 없었다. 좀 더 먼 과거로 돌아가 봐도 내 기억 속의 알리사는 단정하고 부드러운 미소를 머금고 진지하게 생각에 잠겨 있던 모습만 떠오른다. 우리가 무슨 이야기를 나눴던가? 어린아이 둘이서 나눌 수 있었던 이야기가 무엇이었던가? 나는 곧 이것에 대해 이야기하겠지만 우선은 외숙모 이야기를 끝마치려고 한다. 그러고서 다시는 외숙모 이야기를 하지 않으려는 것이다.

아버지가 세상을 뜨고 두 해가 지났을 때 나는 어머니와 함께 부활절 방학을 보내러 르아브르로 갔다. 우리는 시내에 있던 비좁은 뷔콜랭 외삼촌 집이 아니라 그보다 훨씬 넓은 큰이모 집에 머물렀다. 자주 볼 기회가 없었던 플랑티에 이모는 오래전에 남편을 잃었다. 나보다 나이도 훨씬 많고 성격도 딴판인 이모네 사촌들과는 겨우 얼굴이나 알고 지내던 사이였다. 르아브르에서 '플랑티에 댁'이라고 불리던 큰이모 집은 시내 중심이 아니라 시내가 내려다보이고 '구릉'이라고 이름 붙인 언덕 중턱에 자리 잡고 있었다. 외삼촌 집은 상가 지역 근처에 있었는데 가파른 비탈길을 거쳐 두 집 사이를 꽤 빠르게 오갈 수 있었다. 나는 하루에도 몇 번씩 그 길을 빠르게 내려갔다가 다시 올라오곤 했다.

그날 나는 외삼촌 집에서 점심을 먹었다. 식사를 끝내고 얼마 뒤 밖으로 나가는 외삼촌을 따라 사무실까지 갔다가 어머니를 찾으러 다시 플랑티에 댁으로 올라갔다. 거기서 어머니가 이모와 함께 외출했다가 저녁 식사 때나 돌아온다는 것을 알았다. 나는 곧장 시내로 내려왔다. 나 혼자 자유롭게 시내를 산책할 수 있는 기회는 드물었기 때문이다. 나는 바다 안개 탓에 음울한 분위기를 풍기는 항구까지 가서 부둣가를 한두 시간 돌아다녔다. 그러다 갑자기 얼마 전에 헤어진 알리사를 놀라게 해주고 싶다는 충동이 들었다……. 나는 시내를 가로질러 외삼촌 집까지 달려가 대문 앞에서 초인종을 누르곤 계단을 뛰어 올라갔다. 그런데 문을 열어준 하녀가 나를 멈춰 세웠다.

"올라가지 마세요, 제롬 도련님! 올라가시면 안 돼요. 마님이 발작을 일으키셨어요."

나는 "내가 만나러 온 건 외숙모가 아닌데……"라고 중얼거리며 그냥 지나쳐 버렸다. 알리사 방은 4층에 있었다. 2층에는 응접실과 식당이 있고, 3층에는 외숙모 방이 있었다. 마침 방문이 열려 있었는데 나는 그 앞을 지나가야 했다. 한 줄기 빛이 방에서 새어나와 계단 층계참을 가로지르고 있었다. 나는 눈에 띄면 어떡하나 하는 걱정에 잠깐 멈칫하며 몸을 숨겼다가 눈앞에 보이는 장면에 깜짝 놀라고 말았다. 커튼이 드리워져 있지만 두 개의 샹들리에에 꽂힌 초가 밝은 빛을 흩뿌려 주는 방 한가운데 기다란 의자에 외숙모가 누워 있었다. 그녀의 발치에는 로베르와 쥘리에트가 있고 그 뒤에 젊은 남자가 있었다. 처음 보는 그 남자는 중위 복장을 하고 있었다. 지금 생각해보면 두 아이가 거기에 있었다는 게 이상하지만 그때의 순진했던 나로서는 오히려 안도감을 느꼈다.

아이들은 웃으면서 낯선 남자를 쳐다보고 있었는데, 그는 맑고 아름다운 목소리로 이런 말을 되풀이하는 것이었다.

"뷔콜랭! 뷔콜랭……! 내게 양이 한 마리 있다면 나는 틀림없이 그걸 뷔콜랭이라고 부를 거야."

외숙모도 웃음을 터뜨렸다. 외숙모가 젊은 남자에게 담배한 개비를 건네자 남자는 불을 붙여주었다. 그녀가 담배를 몇 모금 빨다가 바닥에 떨어뜨렸다. 젊은 남자는 그것을 주우려고 벌떡 일어나더니 숄에 발이 걸린 척하며 외숙모 앞에 무릎을 꿇었다……. 이 우스꽝스러운 연극 덕분에 나는 눈에 띄지 않고 그 자리를 빠져나왔다.

나는 알리사의 방문 앞에 서서 잠깐 기다렸다. 아래층에서 웃음소리와 함께 요란한 말소리가 들려와 내 노크 소리가 들리지 않았는지 안에서는 아무런 대답이 없었다. 방문을 밀자 소리 없이 열렸다. 방 안은 어두워서 알리사를 바로 알아볼 수 없었다. 그녀는 해 질 녘의 빛이 스며드는 십자형 유리창을 등진 채 침대 머리맡에 무릎을 꿇고 앉아 있었다.

내가 다가가자 알리사는 그대로 앉아서 뒤돌아보며 소곤거렸다.

"아! 제롬, 왜 다시 왔어?"

나는 알리사를 안아주려고 몸을 굽히다가 그녀의 얼굴이 눈물에 흠뻑 젖어 있는 것을 보고 말았다…….

그 순간 내 인생이 결정되었다. 나는 지금까지도 괴로움 없이는 그 순간을 떠올리지 못한다. 알리사가 절망하는 이유를 완전히 이해할 수는 없었지만 떨리는 그 작은 영혼이, 고통으로 뒤흔들리는 그 가냘픈 육신이 감당하기에는 너무도 큰 절망이라는 것을 사무치게 느끼고 있었다.

나는 여전히 무릎을 꿇고 있는 알리사 곁에 서 있었다. 내 마음속에서 끓어오르는 새로운 격정을 어떻게 표현해야 할지 몰랐다. 나는 알리사의 머리를 가슴에 끌어안고 내 영혼이 흘러 지나가는 입술을 그녀의 이마에 갖다 댔다. 나는 사랑과 연민, 열정과 헌신 그리고 덕성이 뒤섞인 모호한 감정에 빠져 온 힘을 다해 신을 불렀다. 이제 내 삶의 목적은 이 아이를 두려움과 악과 삶으로부터 지켜내는 일 말고는 아무것도 없다고 생각하며 나 자신을 바치기로 했다. 기도의 열망에 가득 찬 나는 마침내 무릎을 꿇고 알리사를 내 품에 안았다.

희미하게 알리사의 말소리가 들려왔다.

"제롬! 그 사람들이 널 보지 못했겠지? 아, 어서 가! 그들 눈에 띄어선 안 돼."

그러고는 더 낮은 소리로 말했다.

"제롬, 아무한테도 말하지 마……. 가엾은 아버지는 아무것도 모르고 계셔……."

그래서 나는 어머니에게 아무런 이야기도 하지 않았다. 하지만 플랑티에 이모와 어머니의 끊임없는 수군거림, 걱정스러운 얼굴로 비밀을 숨기는 듯 안절부절못하는 태도, 은밀한 이야기를 나누다가 내가 다가갈 때마다 "얘야, 저만치 가서 놀아라!" 하며 내쫓던 일 등으로 미루어볼 때 두 분도 외삼촌 집의 비밀을 전혀 모르는 것은 아님을 짐작할 수 있었다.

우리가 파리에 돌아오자마자 전보가 날아들어 어머니는 다시 르아브르로 가야 했다. 외숙모가 도망쳤다는 것이다.

나는 어머니의 부탁으로 나를 돌보고 있던 미스 애슈버턴에게 물었다.

"누구하고요?"

"얘야, 그건 어머니께 여쭤보려무나. 나는 아무런 대답도 해줄 수 없단다."

그 사건으로 크게 놀란, 친절한 노부인은 이렇게 말했다.

이틀 뒤 미스 애슈버턴과 나는 어머니를 만나러 떠났다. 토요일이었다. 다음 날 교회에서 사촌들을 만날 예정이었기에 나는 오직 그 생각에만 사로잡혀 있었다. 어린 마음에 나는 우리의 재회가 교회라는 성스러운 장소에서 이루어진다는 데 중요한 의미를 두었기 때문이다. 요컨대 외숙모에 대해서는 별로 개의치 않았으며 어머니에게도 그 일을 묻지 않는 것이 명예롭다고 생각했다.

그날 아침, 작은 예배당에는 사람이 별로 많지 않았다. 보티에 목사는 다분히 의도적으로 "좁은 문으로 들어가라"라는 성서 말씀을 묵상글로 선택했다.

알리사는 나보다 몇 줄 앞에 있었다. 내 자리에서 그녀의 옆모습이 보였다. 나는 자신을 완전히 잊을 정도로 뚫어져라 알리사만 바라봤으므로 정신없이 듣고 있던 그 말씀이 마치 그녀를 통해 들려오는 것만 같았다. 외삼촌은 어머니 옆에 앉아 울고 있었다.

목사는 먼저 전체 구절을 읽었다.

"좁은 문으로 들어가라. 멸망으로 인도하는 문은 크고 그 길이 넓어 그리로 들어가는 자가 많고, 생명으로 인도하는 문은 좁고 길이 협착하여 찾는 자가 적음이라."

그러고 나서 주제를 명확하게 나눠 우선 넓은 길에 대해 말했다……. 나는 꿈속에 있는 듯 멍하니 외숙모의 방을 떠올렸다. 드러누운 채 한껏 웃고 있던 그녀의 모습이 보였다. 마찬가지로 말솜씨를 뽐내며 웃고 있던 장교의 모습도 보이자…… 웃음과 쾌락의 의미 자체가 언짢고 모욕적인 것이 되었고 급기야 추악한 죄악의 과정으로 변해버렸다……!

보티에 목사가 한 구절을 다시 읽었다.

"그리로 들어가는 자가 많고."

목사는 호화롭게 차려입고 경박하게 웃으면서 행렬을 이뤄 나아가는 무리를 묘사했다. 그러자 그 모습이 눈앞에 선하게 떠올랐다. 나는 그런 무리에 낄 수도 없고, 끼고 싶지도 않았다. 내가 그런 무리와 함께 걸음을 뗄 때마다 알리사와는 멀어질 것만 같아서였다. 목사는 묵상글의 처음으로 돌아갔고 나는 내가 들어가야만 하는 좁은 문을 그려봤다. 나는 꿈속에 잠겨 마치 압연기처럼 좁은 문을 떠올렸다. 하늘에서 내려주는 축복의 예감이 뒤섞이긴 하지만 나는 엄청난 고통을 느끼며 힘겹게 그 문으로 들어가고 있었다. 그리고 그 문은 다시 알리사의 방문으로 바뀌었다. 나는 그 문으로 들어가기 위해 나 자신을 작아지게 하고 내 안에 남아 있는 이기심을 모두 비워냈다…….

보티에 목사가 계속 말했다.

"생명으로 인도하는 문은 좁고 길이 협착하여……."

나는 모든 고행과 슬픔을 넘어 내 영혼이 이미 목말라 하고 있는 순수하고 절대적이며 고결한 또 하나의 환희를 상상하고 예감하고 있었다. 그 환희는 날카로우면서도 부드러운 바이올린 선율과도 같았고, 알리사와 내 심장이 녹아내리는 강렬한 불꽃과도 같았다. 우리 둘은 묵시록에 나오는 흰옷을 차려입고 서로 손을 잡은 채 똑같은 목표를 바라보며 앞으로 나아가고 있었다……. 이런 어린아이 같은 꿈이 우스워 보일지라도 무슨 상관인가! 나는 그것을 있는 그대로 이야기하고 있다. 설사 모호한 점이 있다 해도 그것은 어떤 감정을 아주 명확하게 표현하는 데 필요한 언어와 이미지가 불완전한 탓이리라.

보티에 목사는 "찾는 자가 적음이라"라는 말로 끝을 맺었다. 목사는 좁은 문을 어떻게 찾을 수 있는지 설명했던 것이다…….

"찾는 자가 적음이라."

나는 그중 하나가 될 것이다…….

설교가 끝나갈 무렵 정신적으로 상당히 긴장한 나는 예배가 끝나자마자 사촌 누이를 찾아볼 생각도 하지 않고 예배당을 빠져나왔다. 자랑스러운 마음에 얼른 내 결심을 시련으로 시험해보고 싶었고, 당장 알리사한테서 멀어져야만 그녀에게 좀 더 어울리는 사람이 될 수 있다고 생각한 것이다.

2장

이 엄격한 교육은 태어날 때부터 의무를 다할 준비가 되어 있는 영혼을 찾아냈다. 내 마음에 일어난 최초의 충동들을 다스리게 했던 부모님의 청교도적인 규율과 맞물려 두 분이 보여준 모범적인 행실은 마침내 내가 '덕성'이라 부르고 싶은 것으로 나를 이끌어 주었다. 나 자신을 절제하는 것은 다른 사람들이 제멋대로 사는 것만큼이나 자연스러운 일이었다. 내게 순종을 요구하는 엄격함도 반감을 일으키기는커녕 나를 기쁘게 했다. 미래에 대해서도 행복 자체보다는 행복에 다다르려는 끊임없는 노력을 좇았으니 그때 나는 이미 행복과 덕성을 혼동하고 있었던 것이다. 물론 고작 열네 살의 소년이었기에 나는 여전히 매여 있지 않고 불확실한 상태에 머물러 있었다.

하지만 얼마 지나지 않아 알리사를 향한 사랑이 나를 그런 방향으로 단호하게 밀어 넣고 말았다. 그것은 급작스럽게 얻은 내적 계시였다. 그 덕분에 나는 스스로에 대한 깨달음을 얻었다. 즉 나는 내성적이고 명랑하지 않으며 기대로 가득 차 있고 타인에게 관심이 없으며 대담하지 못하고 나 자신한테서 얻어내는 승리 말고는 다른 승리를 바라지 않는다. 또 공부를 좋아하고 놀이를 할 때도 집중이나 노력이 필요한 일에만 관심을 보였다. 동급생과도 거의 어울리지 않았고 그들의 놀이에 낀다고 해도 우정과 배려의 마음에서 그렇게 했을 뿐이다. 그렇지만 이듬해에 파리로 와서 나와 같은 반이 된 아벨 보티에와는 친하게 지냈다. 그는 상냥하고 느긋한 성격으로 존경하는 마음보다는 우정의 감정이 더 많이 들게 했다. 그는 내 생각이 끊임없이 다시 날아가는 곳, 르아브르와 퐁괴즈마르에 대해 함께 이야기를 나눌 수 있는 유일한 친구였다.

사촌인 로베르 뷔콜랭은 우리와 같은 고등학교 기숙사 학생이었지만 두 학년 아래여서 일요일에만 만났다. 로베르가 내 사촌이 아니었다면 누이들과 별로 닮지 않은 그 애를 만나는 일은 조금도 즐겁지 않았을 것이다.

그 당시 나는 온통 사랑에만 사로잡혀 있었기에 두 친구와 나눴던 우정이 내게 중요한 의미를 지녔던 것도 단지 사랑으로 말미암은 것이었다. 알리사는 복음서에서 말하는 값진 진주(기독교에서 '값진 진주'는 영적 생명을 뜻한다—옮긴이)와 같았고 나는 그 진주를 얻으려고 가진 것을 모두 팔아버리는 자였다. 내가 아직 어린 나이였다고 해서 사랑을 이야기하고 사촌 누이에게 느끼는 감정을 사랑이라 부르는 게 잘못일까? 이후에 내가 겪은 그 어떤 감정도 사랑이라는 이름에 더 어울려 보이는 것은 없었다. 게다가 육체적인 욕구로 더욱 뚜렷하게 불안을 겪을 나이가 되었을 때도 내가 느끼는 감정은 별로 달라지지 않았다. 다시 말해 오직 알리사에게 어울리는 사람이 되고 싶었을 뿐이던 어린 시절의 마음이 더 직접적으로 그녀를 소유하고 싶다는 마음으로 바뀌지는 않았다는 뜻이다. 나는 공부와 노력, 자선 등 모든 것을 무조건적으로 알리사에게 바쳤다. 그리고 내가 알리사만을 위해서 한 일을 그녀가 모르도록 하는 것이 더 값지다는 극단적인 덕성까지 만들어냈다. 나는 일종의 지독한 절제에 마음이 쏠려 있었던 것이다. 슬프게도 나 자신의 즐거움은 거의 염두에 두지 않았고, 노력이 필요한 일이 아니면 그 어떤 것에도 만족하지 못하게 되었다.

나 혼자만 이러한 의식에 고무되어 있었던가? 알리사는 그것을 느끼지 못하는 듯했다. 나를 위해 또는 그녀를 위해 애쓰는 나 때문에 무언가를 하는 것 같지도 않았다. 꾸밈없는 알리사의 영혼에서는 모든 것이 가장 자연스러운 아름다움으로 머물러 있었다. 그녀의 덕성은 마치 타고난 것처럼 여유롭고 우아해 보였다. 천진난만한 미소 덕분에 그녀의 엄숙한 시선도 매력적으로 보였다. 온화하면서도 부드러운 의문을 품은 듯한 눈길을 들어 올리던 알리사의 모습을 떠올려보면 외삼촌이 혼란스러울 때마다 맏딸에게서 도움과 조언, 위안을 얻었던 것도 이해된다. 그다음 해 여름, 나는 외삼촌이 알리사와 이야기를 나누는 모습을 자주 봤다. 외삼촌은 슬픔 탓인지 부쩍 늙어버렸다. 식사 때도 거의 말을 하지 않았고 이따금 느닷없이 즐거운 척하기도 했지만 그 모습은 침묵을 지키는 것보다 더 보기가 힘들었다. 외삼촌은 알리사가 모시러 가는 저녁 시간까지 서재에 틀어박혀 담배만 피워댈 뿐 좀처럼 밖으로 나오려 하지 않았다. 알리사는 마치 어린아이를 돌보듯 외삼촌을 모시고 정원으로 나갔다. 두 사람은 꽃이 피어 있는 산책로를 걸어 내려가 채소밭 근처의 원형 광장 의자에 앉곤 했다. 어느 날 저녁, 나는 커다란 자줏빛 너도밤나무 한 그루가 그늘을 드리운 잔디밭에 누워 늦도록 책을 읽고 있었다. 잔디밭과 산책로 사이에는 누군지 보이진 않아도 목소리를 들을 수 있는 월계수 울타리가 있었는데, 알리사와 외삼촌의 말소리가 들려왔다. 두 사람은 로베르 이야기를 막 끝낸 모양이었다. 그때 알리사가 내 이름을 말하는 소리가 들려왔고, 나는 그들이 하는 이야기에 귀를 기울였다.

외삼촌이 큰 소리로 말했다.

"아! 그 아이, 그 애는 언제까지고 공부를 좋아할 거야."

일부러 의도한 것은 아니어도 엿듣는 처지가 된 나는 그 자리를 뜨거나 적어도 내가 있다는 사실을 알리려고 했다. 그렇지만 어떻게 해야 한단 말인가? 기침을 해야 하나? 아니면 나 여기 있어요! 내가 엿듣고 있어요……! 이렇게 외치기라도 해야 하나. 내가 잠자코 있었던 것은 그들이 하는 이야기를 더 듣고 싶다는 호기심에서가 아니라 난처함과 소심함 때문이었다. 게다가 그들은 걸어가고 있었고, 말소리도 희미하게 들려오고 있었다……. 하지만 그들은 천천히 다가오고 있었다. 아마도 늘 그렇듯이 알리사는 가벼운 바구니를 팔에 끼고 시든 꽃잎을 따고 있거나 잦은 바다 안개 탓에 덜 익은 채로 떨어진 과일을 과수원 언저리에서 주워 모으고 있었을 것이다. 그녀의 목소리가 또렷하게 들려왔다.

"아빠, 팔리시에 고모부는 훌륭한 분이셨나요?"

외삼촌의 목소리는 희미하고 분명하지 않아서 무슨 말인지 알아듣기 어려웠다. 알리사가 거듭 물었다.

"정말 훌륭한 분이셨지요, 예?"

여전히 대답은 분명하게 들리지 않았고 그녀가 다시 물었다.

"제롬은 총명해요, 그렇지 않나요?"

어떻게 내가 귀를 기울이지 않을 수 있었겠는가……? 하지만 도무지 대답을 알아들을 수가 없었다. 알리사가 다시 물었다.

"제롬이 훌륭한 사람이 될 거라고 생각하세요?"

여기서 외삼촌이 목소리를 높였다.

"그런데 얘야, 네가 말하는 훌륭하다는 뜻이 뭘 말하는 건지를 먼저 알고 싶구나! 적어도 인간의 눈에는 그렇게 보이진 않지만…… 하느님이 보시기에는 아주 훌륭한 사람도 있는 법이니."

알리사가 말했다.

"저도 그런 뜻으로 한 말이에요."

"그런데…… 그걸 어떻게 알 수 있겠니? 그 애는 아직 어리고…… 그래, 물론 앞날이 밝은 아이지. 하지만 성공하려면 그것만으론 충분하지가 않단다……."

"또 뭐가 필요한데요?"

"글쎄, 얘야. 뭐라고 말하면 좋을까? 신뢰와 지지 그리고 사랑이 필요하지……."

알리사가 외삼촌의 말을 끊었다.

"지지란 뭘 말하는 거죠?"

"내게는 없었던 애정과 존중을 말한단다."

외삼촌이 서글프게 대답했고 그들의 말소리는 완전히 사라졌다.

저녁 기도 시간이 되었을 때 나는 뜻하지 않게 저지른 내 경솔한 행동에 자책을 느끼고 사촌 누이에게 털어놓기로 마음

먹었다. 어쩌면 그것에 대해 좀 더 알고 싶다는 호기심이 섞여 있었는지도 모른다.

다음 날 내가 첫마디를 꺼내자 알리사는 이렇게 말했다.

"그런데 제롬, 그렇게 엿듣는 건 아주 나쁜 짓이야. 기척을 내거나 그 자리를 떠났어야지."

"엿들으려고 했던 건 정말 아니야…… 우연히 듣게 된 거지…… 그리고 외삼촌과 지나치고 있었던 거잖아."

"우리는 천천히 걷고 있었어."

"그렇긴 하지만 거의 듣지 못했어. 말소리도 곧 멈췄고…… 그런데 그때 성공하려면 뭐가 필요하냐고 외삼촌께 여쭤봤을 때 뭐라고 대답하셨어?"

알리사가 웃으며 말했다.

"제롬, 너 다 들었잖아! 내가 다시 그 말을 되풀이하면 재미있겠니?"

"정말로 첫 부분 말고는 듣지 못했어…… 신뢰와 사랑을 말씀하셨을 때 말이야."

"그러고 나서 다른 여러 가지가 필요하다고 하셨어."

"그래서 너는, 넌 뭐라고 대답했는데?"

알리사가 갑자기 심각해졌다.

"인생에서 지지가 필요하다고 말씀하셨을 때 네겐 어머니가 계시다고 대답했지."

"오! 알리사, 어머니가 영원히 내 곁에 계실 수 없다는 건 너도 잘 알잖아……. 게다가 그건 다른 문제이고……."

알리사는 고개를 숙였다.

"아빠도 내게 그렇게 말씀하셨어."

나는 떨면서 알리사의 손을 잡았다.

"내가 장차 무엇이 되건 그렇게 되고 싶은 것은 다 너를 위해서야."

"하지만 제롬, 나 또한 널 떠날 수 있어."

내 영혼이 내가 하는 말 속에 스며들어 이렇게 말했다.

"나는, 난 널 절대로 떠나지 않을 거야."

알리사는 어깨를 약간 으쓱해 보이며 말했다.

"너는 홀로 나아갈 만큼 강하지가 않니? 우리는 저마다 혼자서 하느님께 다다라야만 해."

"그렇지만 내게 그 길을 보여주는 건 너야."

"너는 왜 주님이 아닌 다른 안내자를 찾으려는 거니……? 우리가 서로를 잊고 하느님께 기도드릴 때 서로에게 가장 가까이 있을 수 있다고 생각하지 않아?"

나는 그녀의 말을 끊으며 말했다.

"그래, 우리를 하나로 결합해달라는 기도 말이지. 내가 날마다 아침저녁으로 하느님께 간절히 바라는 게 바로 그거야."

"넌 하느님 안에서 결합한다는 걸 이해하지 못하니?"

"물론 진심으로 그 말을 이해해. 그건 함께 찬미하는 어떤 것 안에서 열렬히 서로 만나려 하는 거지. 네가 찬미하는 걸 나도 찬미하는 것은 바로 너를 다시 만나기 위해서야."

"너의 찬미는 도무지 순수하지가 않아."

"내게 너무 많은 걸 바라지 마. 하느님 안에서 널 다시 만나지 못한다면 하느님이 다 무슨 소용이야."

알리사는 자기 입술에 손가락을 하나 갖다 대더니 엄숙하게 말했다.

"너희는 먼저 그의 나라와 그의 의를 구하라."

우리가 주고받았던 말들을 옮겨 적다 보니 아이들도 때로는 심각한 말들을 나눈다는 사실을 모르는 사람들에게는 우리 대화가 아이다워 보이지 않으리라고 생각된다. 하지만 어쩌겠는가? 거기에 대한 변명거리라도 찾아야 한다는 말인가? 나는 우리 대화가 좀 더 자연스럽게 보이도록 꾸미는 것 또한 원하지 않는다.

우리는 라틴어로 번역한 성경을 구해 긴 구절들을 외우곤 했다. 알리사는 남동생을 돕는다는 핑계로 나와 함께 라틴어를 배웠다. 하지만 짐작건대 나와 함께 계속 성경을 읽으려고 그랬을 것이다. 물론 나도 그녀와 함께하지 않았던 공부에는 별로 의욕이 생기지 않았다. 그것이 때론 내게 방해가 되었을지라도 사람들이 생각하듯 내 정신의 도약을 가로막지는 않았다. 오히려 알리사는 어떤 면에서든 자유롭게 나를 넘어서는 듯했다. 나의 정신적 여정은 그녀를 따라갔다. 그때 우리가 몰두하고 '사유'라 부르던 것은 서로의 감정을 숨기기보다는 좀 더 난해한 일치감을 핑계로 사랑을 감추려는 것에 지나지 않을 때가 많았다.

처음에 어머니는 깊이를 헤아릴 수 없는 내 감정을 알아채고 불안해했다. 하지만 기력이 다해가는 것을 느끼던 무렵에는 모성애로 끌어안으며 우리를 맺어주고 싶어 했다. 어머니는 오래전부터 앓아온 심장병이 갈수록 나빠지고 통증도 심해지자 나를 곁으로 불렀다.

"가여운 아가, 엄마도 많이 늙었단다. 어느 날 갑자기 널 두고 떠날지도 모르겠다."

호흡이 가빠진 어머니는 입을 다물었다. 나는 더 이상 참지 못하고 어머니가 기다리고 있을 거라고 짐작되는 말을 외치고 말았다.

"엄마…… 제가 알리사와 결혼하고 싶어 한다는 걸 아시죠?"

그러자 내 이야기가 어머니의 가장 깊은 속내에서 나온 것처럼 어머니는 곧바로 말을 이어갔다.

"그래, 제롬. 그게 바로 네게 하고 싶었던 말이란다."

나는 흐느껴 울며 말했다.

"엄마! 알리사도 절 좋아한다는 걸 아시죠? 그렇죠?"

"안다, 애야."

어머니는 몇 번이고 다정하게 "안다, 애야" 하고 되뇌었다. 그러고는 간신히 말을 이어갔다.

"'하느님 뜻에 맡겨라.'"

내가 가까이 몸을 기울이자 어머니는 내 머리에 손을 얹고 말했다.

"하느님께서 너희를, 우리 아이들을 지켜주시기를! 하느님 께서 너희 둘을 지켜주시기를!"

그러고서 어머니는 얕은 잠에 빠져들었다. 나는 어머니를 애써 깨우지 않았다.

이런 대화는 다시 이루어지지 않았다. 어머니의 상태도 조금 나아졌다. 나는 학업을 위해 다시 떠나야 했기에 이 불완전한 고백 위로 침묵이 내려앉았다. 그렇지만 무엇을 더 알 수 있었을까? 알리사가 나를 사랑한다는 사실을 나는 한시도 의심하지 않았다. 그리고 내가 의심하는 마음을 품었다 하더라도 뒤이어 일어난 슬픈 사건으로 그 의심은 내 마음속에서 영원히 사라져버렸다.

어느 날 저녁 어머니는 미스 애슈버턴과 내가 지켜보는 가운데 아주 평온하게 숨을 거두었다. 어머니를 저세상으로 데려간 마지막 발작도 처음에는 예전의 발작보다 더 심해 보이지 않았다. 임종 무렵에야 심각한 증세를 보였기에 친척들 가운데 어느 누구도 어머니가 세상을 뜨기 전에 달려올 시간이 없었다. 나는 어머니의 오랜 친구와 함께 어머니가 세상을 떠난 첫날 밤을 지켰다. 나는 어머니를 마음속 깊이 사랑했기에 눈물을 흘리면서도 마음속으론 전혀 슬픔을 느끼지 못하는 나 자신에게 놀랐다. 눈물을 흘린 것은 자신보다 한참 아래인 친구를 하느님 앞에 앞세우게 된 미스 애슈버턴에게 느끼는 연민 때문이었다. 하지만 어머니의 임종이 사촌 누이를 내게로 이끌어줄 것이라는 은밀한 생각이 내 슬픔을 억누르고 있었다.

다음 날 외삼촌이 도착했다. 외삼촌은 딸의 편지를 내게 건넸다. 그녀는 플랑티에 이모와 함께 그다음 날에야 올 예정이었다.

알리사는 편지에 이렇게 썼다.

……나의 벗, 내 동생 제롬. ……그분께서 기대하던, 그분께 커다란 기쁨을 드릴 수 있었던 몇 마디 말을 돌아가시기 전에 해드리지 못한 게 얼마나 마음 아픈지 모르겠어. 이제 그분께서 나를 용서하시기를! 그리고 이제부터 하느님만이 우리 둘을 인도해주시기를! 안녕, 내 가여운 친구. 그 어느 때보다도 애정 어린 마음을 담아, 알리사가.

이 편지는 어떤 의미였을까? 어머니에게 해드리지 못해 마음 아프다던 알리사의 말은 우리 미래를 약속하겠다는 말이 아니면 무엇이었을까? 그렇지만 그녀에게 청혼하기에는 아직 너무 어렸다. 게다가 그녀의 약속이 필요했을까? 우리는 이미 약혼자나 같지 않은가? 우리가 서로 사랑한다는 사실은 친척들에게 더는 비밀이 아니었다. 어머니와 마찬가지로 외삼촌도 우리 사랑에 장해물이 되지 않았다. 오히려 외삼촌은 나를 친아들처럼 대해주었다.

며칠 뒤에 다가온 부활절 방학은 르아브르에서 보냈다. 플랑티에 이모 집에서 머물기는 했지만 거의 매 끼니를 외삼촌 집에서 해결했다.

펠리시 플랑티에 이모는 아주 좋은 분이었지만 사촌들도 나도 이모와 속마음을 터놓고 지내지는 못했다. 이모는 이 일 저 일로 늘 바빠서 숨이 턱에 닿을 정도였다. 몸짓에도 부드러움이 없고 말소리도 단조로웠다. 우리에게 흘러넘치는 애정을 쏟아부어야 한다고 여기는 이모는 시도 때도 없이 우리를 안고 쓰다듬었다. 뷔콜랭 외삼촌은 플랑티에 이모를 무척 좋아하기는 했지만 이모에게 말하는 목소리만 들어봐도 어머니를 얼마나 더 좋아했는지 쉽게 알 수 있었다.

어느 날 저녁, 이모가 말을 꺼냈다.

"애야, 네가 올 여름에 뭘 하려는지 모르겠지만 내 일을 결정하기 전에 네 계획을 먼저 알고 싶구나. 내가 너한테 도움이 될 수 있다면 말이다……."

나는 이모에게 대답했다.

"아직은 별로 생각해놓은 게 없어요. 그저 여행이나 떠나볼까 하는데요."

이모가 다시 말했다.

"퐁괴즈마르에서와 마찬가지로 우리 집에서도 넌 언제나 환영이란다. 네가 그리로 간다면 외삼촌과 쥘리에트가 기뻐하겠지만……."

"알리사를 말씀하시는 건가요?"

"그렇지! 미안하다……. 나는 네가 좋아하는 아이가 쥘리에트일 거라고 생각했다니까! 네 외삼촌이 말해주기 전까진 말이다……. 한 달도 안 됐어……. 알다시피 내가 너희를 정말 사랑하기는 하지만 잘 알지는 못하잖니. 너희를 볼 기회가 별로 없었으니……! 그런 데다 주변을 찬찬히 살피는 성격도 못 되고, 나랑 상관없는 일을 살펴볼 여유도 없고. 네가 항상 쥘리에트하고 어울리는 모습을 봐서…… 그렇게 생각한 거야……. 그 애는 정말 예쁘고 명랑하잖니."

"맞아요, 저는 쥘리에트와 자주 어울려요. 하지만 제가 사랑하는 사람은 알리사예요……."

"그래! 그렇지, 네 마음이지……. 너도 알다시피 나는 알리
사에 대해 아는 게 거의 없어. 그 애는 쥘리에트보다 말수도
적고. 네가 그 애를 선택한다면 거기에는 그만한 이유가 있을
테지."

"그렇지만 이모, 저는 알리사를 사랑하겠다고 선택한 게 아
니에요. 그 애를 사랑하게 된 이유를 생각해본 적도 없고요."

"제롬, 화내지 마라. 나쁜 뜻으로 한 말은 아니야……. 너 때
문에 하려던 이야기를 잊어버렸구나……. 아! 그렇지. 물론
이런 일은 모두 결혼으로 끝을 맺는단다. 하지만 네가 상중이
라 제대로 약혼할 수도 없고……. 그런 데다 넌 아직 너무 어
려……. 이제 어머니도 안 계신데 네가 퐁괴즈마르에서 지내
는 건 남들이 보기에 좋지 않을 수도 있어……."

"참, 이모. 그래서 제가 여행 이야기를 꺼냈던 거예요."

"그랬구나. 그런데 얘야, 나는 네가 나와 함께 지내면 일이
훨씬 수월해질 것 같아서 여름 한동안을 비워두었단다."

"미스 애슈버턴에게 부탁하면 기꺼이 와주실 거예요."

"그 사람이 와줄 거라는 건 나도 이미 안단다. 하지만 그걸
론 안 돼! 나도 가야겠어……. 아! 가여운 네 어머니를 대신하
겠다고 그러는 건 아니란다."

이모는 느닷없이 흐느끼며 말을 이어갔다.

"그래도 나는 집안일을 돌보려고 해……. 어쨌든 너도, 네

외삼촌도, 알리사도 불편하게 느끼지는 않을 테니 말이야."

플랑티에 이모는 자신이 우리에게 미칠 영향을 잘못 알고 있었다. 사실대로 말하면 우리는 오로지 이모 때문에 불편함을 느꼈다. 이모는 미리 말한 대로 7월부터 퐁괴즈마르에 자리를 잡았고 미스 애슈버턴과 나도 곧 그리로 갔다. 이모는 집안일을 돌보는 알리사를 돕겠다며 조용하던 집안을 시끄러운 소리로 가득 채웠다. 우리를 편안하게 해주려는 이모의 극성에, 또 이모의 말처럼 '일이 수월'해지도록 하려는 게 지나쳐 알리사와 나는 거북함을 느꼈다. 우리는 대개는 입을 다물고 있었다. 이모는 우리가 몹시 쌀쌀맞다고 느꼈을 것이다. 그런데 우리가 입을 다물고 있지 않았다면 이모는 우리의 사랑이 어떤 성격의 것이었는지 이해할 수 있었을까? 반면에 쥘리에트의 성격은 그런 부산스러움에 꽤나 잘 어우러졌다. 그리고 어쩌면 작은 조카딸을 유난히 편애한다는 사실을 알게 된 것도 내가 이모에게 애정을 느끼는 데 걸림돌이 되었을지도 모른다.

어느 날 아침, 우편물을 받아든 이모가 나를 불렀다.
"제롬, 정말 미안한데 딸아이가 아프다는구나. 너만 두고 가봐야 할 것 같다."

쓸데없는 불안감으로 가득 찬 나는 외삼촌을 찾아갔다. 이모가 떠난 뒤에 퐁괴즈마르에 계속 남아도 되는지 몰라서였다. 내가 첫마디를 꺼내자마자 외삼촌이 소리를 쳤다.

"한심한 누님은 대체 무슨 상상을 하기에 이런 자연스러운 일을 복잡하게 만드는 거냐? 아니, 제롬! 왜 우리 곁을 떠나려고 하니? 너는 이미 내 자식이나 다름없는데."

이모는 퐁괴즈마르에 보름밖에 머물지 않았다. 이모가 떠나자마자 이곳은 조용함을 되찾았다. 행복과도 비슷한 평온이 다시 집안에 깃들었다. 내가 상중이라는 것은 우리 사랑을 우울하게 한 게 아니라 오히려 더욱 깊어지게 했다. 소리가 잘 울려 퍼지는 공간 안에 있는 것처럼 우리 마음의 아주 작은 움직임까지도 서로 이해할 수 있을 만큼 단조롭게 흘러가는 생활이 시작되었다.

이모가 떠나고 며칠 뒤 어느 날 저녁, 식사 자리에서 우리는 이모 이야기를 했다. 나는 지금도 그것을 기억한다.

우리는 이렇게 말했다.

"어쩌나 소란스러우신지! 인생의 파도가 그분의 영혼에 더 많은 안식을 줄 수도 있지 않을까? 사랑의 아름다운 모습이여, 그대 그림자는 이제 무엇이 될 것인가?"

이런 말이 나온 이유는 괴테가 슈타인 부인에 대해 "이 영혼

속에 비친 세상을 보는 것은 아름다우리라"라고 했던 말이 떠올라서였다. 그러고서 우리는 일종의 단계를 정하면서 명상의 능력을 가장 높이 평가했다. 그때까지 입을 다물고 있던 외삼촌은 쓸쓸하게 미소를 지으면서 말했다.

"애들아, 부서진 것이라 해도 하느님은 자신의 모습을 알아보실 수 있단다. 인생의 어떤 한순간만을 보고 사람을 판단하는 걸 경계하자. 너희가 가여운 누님을 마음에 들어 하지 않는 것도 다 어떤 사건들 탓이란다. 나는 그걸 잘 알기에 너희처럼 심하게 누님을 비난할 수가 없구나. 그토록 유쾌한 젊음의 특성도 나이가 들어가면서 추해지게 마련이란다. 너희가 소란스럽다고 하는 누님의 성격도 처음에는 충동적이지만 매력적이고 열정적이면서 우아하다고 여겼을 뿐이지……. 우리도 지금의 너희 모습과 크게 다르지 않았다고 단언한단다. 나는 제롬, 너와 아주 비슷했지. 어쩌면 내가 아는 것 이상으로 비슷했을지도 모르고. 펠리시 누님은 지금의 쥘리에트와 많이 닮았지……. 그래, 생긴 모습까지 비슷하구나."

외삼촌은 갑자기 딸 쪽으로 몸을 돌리더니 덧붙였다.

"네가 큰 목소리로 이야기할 때는 누님이 떠오른단다. 너처럼 미소를 지었고, 곧 없어진 습관이지만 누님도 이따금 팔꿈치를 앞으로 내밀고 깍지 낀 손을 이마에 댄 채 가만히 앉아 있곤 했지."

미스 애슈버턴이 내 쪽을 보며 속삭이듯이 말했다.

"알리사는 네 어머니를 떠오르게 한단다."

그해 여름은 찬란했다. 세상 모든 것에 쪽빛이 스며든 듯했다. 우리 열정은 고통과 죽음을 이겨냈고 그림자도 우리 앞에서는 뒷걸음질 쳤다. 매일 아침 나는 기쁨에 넘쳐 잠에서 깨어났고 이른 새벽부터 일어나 태양을 맞이하러 달려나갔다…… 그 시절을 떠올리면 이슬에 흠뻑 젖은 새벽 무렵의 빛이 떠오른다. 나는 밤늦게까지 깨어 있는 언니보다 아침에 일찍 일어나는 쥘리에트와 함께 정원에 가곤 했다. 쥘리에트는 알리사와 나 사이에서 전달자 노릇을 했다. 나는 쥘리에트에게 끊임없이 우리 사랑에 대해 이야기했고 그녀도 내 이야기를 듣는 데 싫증을 느끼지 않는 것 같았다. 알리사 앞에서는 넘치는 사랑으로 가슴이 벅차올라 소심해지고 어색해져서 감히 하지 못하던 말들도 쥘리에트에게는 털어놓곤 했다. 알리사는 그런 장난을 눈감아 주었다. 우리가 자기 이야기만 한다는 것을 무시하거나 아니면 무시하는 척하면서 내가 제 동생에게 그처럼 즐겁게 이야기하는 것을 즐기는 듯 보였다.

오, 사랑의 달콤한 속임수여, 넘치기까지 한 사랑의 감미로운 속임수여. 너는 어떤 은밀한 길을 거쳐 우리를 웃음에서 눈물로, 가장 순수한 기쁨에서 덕성의 존재로 이끄는 것인가!

그 여름은 더없이 맑고 매끄러우며 빠르게 흘러갔기에 지금 내 기억은 흘러간 날들 속에서 아무것도 붙잡을 수가 없다. 유일하게 기억나는 일은 대화와 독서뿐이다…….

방학이 끝나갈 무렵, 어느 날 아침에 알리사가 내게 말했다.

"슬픈 꿈을 꿨어. 나는 살아 있는데 넌 죽은 거야. 아니, 네가 죽은 걸 보진 못했어. 그저 죽었다는 것만 알았지. 정말로 무서웠어. 그 사실을 받아들이기가 너무 힘들어서 나는 그냥 네가 잠깐 자리를 비운 거라고 생각해버렸어. 우리는 헤어졌지만 너를 다시 만날 수 있을 것만 같았지. 나는 그 방법을 찾아내려 했고 어찌나 애를 썼는지 잠에서 깨고 말았어. 아침이 되었는데도 여전히 꿈속에 머물러 있었어. 계속해서 꿈을 꾸고 있는 것 같았지. 아직도 난 너와 헤어져 있고 아주 오랫동안 그럴 것만 같아."

그러고는 나지막한 목소리로 덧붙였다.

"살아 있는 동안 안간힘을 다해야 할 것 같았어……."

"왜?"

"우리가 다시 만나려면 서로 아주 힘들게 노력해야 할 것 같았으니까."

나는 알리사 말을 심각하게 받아들이지 않았다. 아니, 심각하게 받아들이는 게 두려웠다. 그 말에 반박이라도 하려는 듯 내 심장이 세차게 뛰었다. 나는 갑자기 용기를 내어 그녀에게 말했다.

"그런데 말이야, 나도 오늘 아침에 꿈을 꿨어. 너랑 결혼하려는 열망이 정말 강해서 그 어떤 것도, 죽음조차도 우리를 갈라놓을 수 없을 듯했어."

알리사가 말을 이었다.

"넌 죽음이 우리를 갈라놓을 수 있다고 생각하니?"

"그러니까 내 말은……."

"나는 오히려 죽음으로 더 가까워질 수 있다고 생각해. 그래…… 살아 있는 동안 갈라져 있던 걸 더욱 가깝게 해주는 거지."

아직도 그때 우리가 나눴던 이야기의 어조가 귓가에 맴돌 정도로 그 모든 대화는 우리 마음속 깊숙이 전해졌다. 그렇지만 나는 나중에서야 그 이야기가 지닌 무게감을 깨달을 수 있었다.

여름은 빠르게 흘러갔다. 벌써 대부분의 들판이 텅 비어서 시야는 생각했던 것보다 더 멀리까지 트여 있었다. 떠나기 전날, 아니 전전날 저녁에 나는 쥘리에트와 함께 아래 정원의 작은 숲 쪽으로 내려가고 있었다.

쥘리에트가 내게 말했다.

"어제 알리사한테 낭송해줬던 게 뭐였어?"

"언제를 말하는 거야?"

"이회암 채석장 벤치에서 우리가 둘만 남겨두고 왔을 때 말이야……."

"아……! 보들레르의 시 몇 구절이었을 거야……."

"어떤 구절? 나한테는 들려주고 싶지 않은 모양이지."

나는 성의 없이 시를 낭송하기 시작했다.

"머지않아 우리는 싸늘한 어둠 속에 잠기리니……."

그런데 쥘리에트가 곧 내 말을 가로막곤 조금 전과는 달리 떨리는 목소리로 그다음 구절을 이어받았다.

"안녕, 너무도 짧았던 여름날의 찬란한 빛이여!"

나는 너무나 놀라서 큰 소리로 말했다.

"뭐야! 그 시를 알고 있었어? 나는 네가 시를 좋아하지 않는 줄 알았는데……."

"왜 그렇게 생각했어? 오빠가 나한테는 시를 읊어주지 않아서? 오빠는 가끔 나를 완전히 바보라고 생각하는 것 같아."

쥘리에트는 웃으면서 말했지만 약간 어색해했다…….

"아주 똑똑한 사람도 시를 좋아하지 않을 수 있어. 네가 시에 대해 이야기하는 걸 들어본 적도 없고 나한테 시를 읊어달라고 한 적도 없잖아."

"그런 건 언제나 알리사 차지니까……."

그녀는 잠깐 입을 다물더니 갑자기 이렇게 말했다.

"오빠는 모레 떠나는 거지?"

"그래야지."

"올 겨울에는 뭘 할 거야?"

"고등사범학교 1학년이 되겠지."

"알리사 언니랑은 언제 결혼할 거야?"

"군대를 다녀오기 전에는 못 하지. 그리고 내가 하고 싶은 일을 좀 더 잘 알게 되기 전까지도 하지 않을 거고."

"그걸 아직도 모른단 말이야?"

"아직 알고 싶지 않아. 나는 아주 많은 것에 흥미를 느끼거든. 하나를 선택하고 그것에만 전념해야 하는 시기를 될 수 있는 한 뒤로 미뤄놓는 거지."

"약혼을 미루는 것도 얽매여야 한다는 두려움 탓이야?"

나는 그 말에 대꾸하지 않고 어깨를 으쓱해 보였다. 쥘리에트가 계속해서 물었다.

"그러면 무엇 때문에 약혼을 미루는 거야? 왜 당장 약혼하지 않는 거지?"

"우리가 왜 지금 약혼해야 하지? 세상에 그것을 알리지 않아도 서로 상대방에게 속해 있고 앞으로도 그럴 거라는 걸 알고 있다면 충분하잖아? 알리사를 위해 내 삶 전부를 기꺼이 바치겠다고 해도, 넌 약속으로 내 사랑을 옭아매는 게 더 낫다고 생각하는 거니? 난 아니야. 사랑의 서약 같은 건 사랑에 대한 모욕으로 보이거든……. 내가 약혼할 마음이 들게 된다면 그건 알리사에 대한 믿음이 사라졌을 때뿐일 거야."

"내가 믿지 못하는 건 언니가 아닌데……."

우리는 천천히 걸었다. 그러다가 내가 얼마 전에 뜻하지 않게 알리사와 외삼촌의 대화를 엿들었던 지점에 이르렀다. 아까 알리사가 정원으로 나가는 것을 봤는데, 어쩌면 그녀가 원형 광장 의자에 앉아 그때처럼 우리가 나누는 이야기를 엿들을지도 모른다는 생각이 문득 머리를 스쳤다. 그러자 알리사에게 직접 하지 못하는 말을 들려줄 수도 있겠다는 생각이 곧 나를 사로잡았다. 나는 스스로 꾸민 책략에 신이 나서 목소리를 높이곤 내 나이에 부릴 수 있는 온갖 거드름을 피우며 열광하듯 "아!" 하고 외쳤다. 그러고는 내 말에 지나치게 몰두한 나머지 알리사가 말하지 않았던 모든 것을 쥘리에트의 말에서도 알아차리지 못하고 말았다…….

"아! 사랑하는 영혼에 서로 기대어 거울을 들여다보는 것처럼 거기서 우리가 어떤 모습을 하고 있는지를 들여다볼 수 있다면! 우리 자신처럼, 우리 자신 이상으로 상대방의 마음을 읽을 수 있다면! 다정함 속에 깃든 평온함이여! 사랑 속에 깃든 순수여……!"

나는 동요하는 쥘리에트를 보면서 내 시시한 서정성이 효과를 거두었다는 자만심에 빠졌다. 그녀가 갑자기 내 어깨에 얼굴을 묻으며 말했다.

"제롬! 제롬! 오빠가 알리사 언니를 행복하게 해줄 거라고 믿고 싶어! 만약 언니가 오빠 때문에 고통받는다면 난 오빠를 미워할 거야."

나는 쥘리에트를 안고 그녀의 이마를 들어 올리며 외쳤다.

"쥘리에트, 그럼 나 자신도 나를 미워하게 될 거야. 너도 알고 있겠지! ……내가 아직 진로를 결정하지 않으려고 하는 건 알리사와 더불어 더 나은 인생을 시작하고 싶기 때문이야! 내 미래는 모두 알리사한테 걸려 있어! 알리사 없이도 내가 할 수 있는 일이라면 나는 그런 건 원하지 않아……."

"오빠가 그런 이야기를 하면 언니는 뭐라고 말해?"

"나는 이런 이야기를 알리사한테 한 적이 없어, 한 번도. 우리가 아직 약혼하지 않은 건 그 때문이기도 하지. 우리가 결혼하는 것도, 그리고 그 뒤에 해야 하는 것들도 한 번도 생각해본 적이 없어. 오, 쥘리에트! 그녀와 함께하는 삶은 정말로 아름다울 것 같아서 나는 감히……. 이해하겠니? 나는 함부로 그 이야기를 알리사한테 꺼낼 수가 없어."

"오빠는 행복이 어느 날 갑자기 언니한테 찾아오기를 바라고 있나 봐."

"아니! 그건 아니야. 나는 두려운 거야……, 알리사를 두렵게 하는 게. 이해하겠니? 막연하게 짐작되는 그 엄청난 행복이 그녀를 불안하게 할까 봐 두려운 거라고! 어느 날 알리사한테 여행을 떠나고 싶지 않으냐고 물었던 적이 있어. 그녀는 아무것도 원하지 않는다고 했지. 그저 다른 고장들이 있고, 그곳이 아름답고, 다른 사람들은 그곳에 갈 수 있다는 사실만으로도 자신은 충분하다고 했어……."

"그럼 오빠는 여행을 가고 싶어?"

"모든 곳을! 우리 삶 전체가 하나의 긴 여행이 아닐까. 알리사와 함께 책과 사람들 그리고 다른 고장들을 여행하는 것. 넌 '닻을 올린다'는 말의 뜻을 생각해본 적이 있니?"

쥘리에트가 중얼거렸다.

"그럼! 자주 생각해."

그렇지만 나는 쥘리에트의 이야기를 건성으로 들었기에 그녀가 하는 말이 상처 입은 가여운 새처럼 땅바닥에 떨어지게 내버려두었다. 나는 말을 이었다.

"밤에 떠나는 것, 새벽의 눈부심 속에서 잠을 깨는 것, 불안한 파도 위에서 오직 둘만이 있음을 느끼는 것……."

쥘리에트는 작은 소리로 내 말의 뒤를 이었다.

"그리고 아주 어릴 때 엽서에서 봤던 어느 항구에 도착하는 거야. 전혀 모르는 낯선 곳에……. 오빠 팔짱을 낀 알리사 언니와 함께 오빠가 배의 트랩에서 내려오는 모습이 그려져."

나는 웃으며 덧붙였다.

"우리는 곧장 우체국으로 갈 거야. 쥘리에트가 우리한테 쓴 편지를 찾으러."

"그 아이가 머물고 있는 풍괴즈마르에서 보낸 편지……. 그리고 오빠와 언니한테는 그곳이 아주 작고 우울하고 멀게 느껴지겠지……."

이것이 정확하게 쥘리에트가 했던 말이던가? 확신할 수가 없다. 앞에서 말했듯 나는 내가 하는 사랑으로 가득 차 있어서 사랑이 아닌 다른 표현에는 거의 신경을 쓰지 않았다.

우리는 원형 광장 근처에 다다랐다. 그리고 발길을 되돌리려 했을 때 갑자기 그늘 속에서 알리사가 모습을 드러냈다. 알리사의 얼굴이 얼마나 창백했던지 쥘리에트는 너무 놀라 비명을 지르고 말았다.

알리사는 얼버무리듯 서둘러 말했다.

"실은 몸 상태가 별로 좋지 않아. 공기가 차가워. 나는 들어가는 게 좋겠어."

그러고는 이내 우리한테서 떨어져 잰걸음으로 집 쪽으로 되돌아갔다. 알리사가 조금 멀어지자마자 쥘리에트는 탄식하듯 말했다.

"언니는 우리가 하던 이야기를 들었던 거야."

"그렇지만 알리사의 기분을 상하게 하는 말은 전혀 하지 않았잖아. 오히려……."

"갈게."

쥘리에트가 언니를 뒤쫓아 급하게 달려가면서 말했다.

그날 밤, 나는 잠을 이룰 수가 없었다. 알리사는 저녁 식사 때 모습을 보였지만 머리가 아프다며 곧 자리를 떴다. 우리 대화에서 그녀는 무엇을 들었던 걸까? 나는 불안한 마음으로 그 대화를 되짚어봤다. 그러다 내 팔로 쥘리에트를 감싼 채 너무 바짝 붙어 걸었던 게 잘못이었는지도 모른다고 생각했다. 하지만 그것은 어릴 때부터 해온 습관으로 우리가 그렇게 걷는 모습을 알리사는 이미 여러 번 봤다. 아! 나는 얼마나 한심하고 눈이 멀었단 말인가. 내 잘못을 더듬어보면서도 나는 귀담아듣지 않아서 잘 기억나지도 않는 쥘리에트의 말을 알리사는 제대로 알아들었을 거라는 생각은 한순간도 하지 않았다. 아무려면 어떠랴! 나는 불안감에 혼란스럽고 알리사가 나를 의심할지도 모른다는 생각에 두려우면서도 또 다른 위험은 떠올리지 않은 채 한 가지 결심을 했다. 내가 쥘리에트에게 했던 말에도 아랑곳없이, 어쩌면 쥘리에트가 내게 했던 말에 자극받아 불안감과 두려움을 떨쳐내고 다음 날 바로 약혼을 하겠다고 결심한 것이다.

그날은 내가 떠나기 전날이었다. 나는 알리사의 슬픈 모습이 그 때문이라고 생각했다. 그녀는 나를 피하는 듯했다. 그녀와 말 한마디 나누지 못한 채 하루가 지나가고 있었다. 나는 알리사와 이대로 헤어질지도 모른다는 불안감에 저녁 식사 직전에 그녀의 방으로 갔다. 그녀는 문 쪽으로 등을 돌리고서 산호 목걸이를 목에 걸려고 두 팔을 들고 고개를 숙인 채 불이 켜진 두 촛대 사이에 있는 거울을 어깨 너머로 바라보고 있었다. 처음에는 거울을 통해 나를 봤고 그 뒤로도 얼마 동안 고개를 돌리지 않은 채 계속해서 거울 속의 나를 바라봤다.

알리사가 드디어 입을 열었다.

"아! 방문이 닫혀 있지 않았나?"

"문을 두드렸는데 아무 대답이 없어서. 알리사, 내가 내일 떠나는 거 알지?"

알리사는 아무런 대답도 하지 않고 끝내 고리를 채우지 못한 목걸이를 벽난로 위에 내려놓았다. 나는 약혼이라는 단어가 지나치게 노골적이고 단도직입적인 말처럼 느껴졌기에 그 대신 부드러운 말로 바꿔서 표현했다. 알리사는 내 말뜻을 이해하곤 비틀거리는 듯하더니 벽난로에 몸을 기댔……. 하지만 나 또한 너무나 떨리고 조마조마해서 그녀 쪽을 바라보지 않으려고 눈길을 피했다.

나는 알리사 곁으로 다가가 눈을 들지 못한 채 그녀의 손을 잡았다. 그녀는 손을 빼지는 않았지만 얼굴을 약간 숙이고서 내 손을 조금 들어 올려 입술에 갖다 대곤 내게 반쯤 기대며 속삭였다.

"아니, 제롬. 아니야, 우리 약혼하지 말자. 제발……."

내 심장이 어찌나 세차게 고동치고 있는지 알리사도 느꼈으리라. 그녀는 좀 더 상냥하게 말을 이어갔다.

"아직은 아니야……."

나는 그녀에게 물었다.

"왜?"

"왜냐고 물어보고 싶은 사람은 나야. 왜? 왜 변한 거야?"

나는 알리사에게 전날의 대화를 선뜻 털어놓지 못했지만 그녀는 내 생각을 알고 있었던 것이 틀림없었다. 알리사는 내 생각에 대한 답인 것처럼 나를 뚫어지게 바라보며 말했다.

"있잖아, 넌 잘못 생각하고 있어. 나는 그렇게까지 많은 행복이 필요하지 않아. 이대로도 우린 행복하잖아?"

알리사는 웃으려고 했으나 소용없었다.

"아니야, 너와 헤어져야 하잖아."

"저기 제롬, 오늘 저녁에는 말할 수 없어……. 우리의 마지막 시간을 망치지 말자……. 아냐, 안 돼. 나는 정말로 너를 사랑하니까 안심해. 편지에서 설명해줄게. 네게 편지를 쓰겠다고 약속할게, 내일부터…… 네가 떠나자마자. 이젠 그만 가줘! 아, 내가 울었나 보네…… 그만 가."

알리사는 나를 밀어내고 나서 가만히 몸을 빼냈다. 그것이 우리의 작별이 되었다. 그날 저녁, 나는 그녀에게 더는 아무 말도 할 수 없었다. 이튿날 내가 떠나는 시간에도 그녀는 자기 방에 틀어박혀 나오지 않았다. 나는 알리사가 창가에 서서 내가 탄 마차가 멀어지는 것을 바라보며 작별 인사를 건네는 모습을 봤다.

3장

나는 그해에 아벨 보티에를 거의 만나지 못했다. 그는 징집에 앞서 자원입대했고, 나는 수사학을 재수강하면서 학사 시험을 준비하고 있었다. 아벨보다 두 살 밑인 나는 우리 둘이 입학하기로 했던 사범학교를 졸업할 때까지 입대를 미뤄두었다.

우리는 반가운 마음으로 다시 만났다. 아벨은 제대하고 나서 한 달이 넘게 여행을 다녔다고 했다. 나는 그가 변했을까봐 걱정했지만 예전보다 더 자신감에 차 있었을 뿐 달라진 건 없었다. 개학 전날 오후에 우리는 뤽상부르 공원에서 시간을 보냈고, 나는 내 속내를 가슴속에만 담고 있을 수가 없어서 그에게 긴 시간에 걸쳐 내 사랑 이야기를 털어놓았다. 아벨은 그 사실을 이미 알고 있었다. 그해 몇몇 여자와 사귄 경험이 있었던 그는 약간 거들먹거리기는 했지만 그렇다고 내 기분을 상하게 하지는 않았다. 아벨은 여자가 냉정함을 되찾도록 내버려두어서는 안 된다는 것은 뻔한 이치인데 내가 마지막 말을 끝맺음하지 못했다며 놀려댔다. 나는 아벨이 떠드는 대로 내버려두었다. 하지만 아벨의 잘난 이론은 나나 알리사에게 도움이 되지 않을뿐더러 그가 우리를 이해하지 못한다는 사실만 보여줄 뿐이라고 생각했다.

우리가 도착한 이튿날, 나는 편지 한 통을 받았다.

친애하는 제롬

네가 제안했던 것(우리 약혼을 '제안했던 것!'이라고 부르다니!)을 깊이 생각해봤어. 내가 너보다 나이가 많다는 게 걱정돼. 네가 아직 다른 여자들을 만나볼 기회가 없었기에 지금은 그렇게 생각하지 않을지도 몰라. 하지만 나중에 네 여자가 되고 나서 내가 더 이상 네 마음에 들지 않는다는 걸 알게 되면 몹시 괴로울 것 같아. 내 편지를 읽으면서 아마도 너는 화를 내겠지. 네가 항의하는 목소리가 들리는 듯해. 하지만 네가 인생에서 좀 더 발전할 수 있을 때까지 기다려달라고 부탁하고 싶어.

이것은 오직 너를 위해서 하는 말임을 알아줘. 왜냐하면 나는 너를 사랑하는 일을 결코 멈출 수 없다는 걸 굳게 믿으니까.

알리사가

우리가 서로 사랑하는 것을 멈추다니! 어떻게 그런 게 문제가 될 수 있는가? 나는 슬프기보다 너무나 놀라서 큰 충격을 받았다. 나는 당장 아벨에게 달려가 그 편지를 보여주었다.

"그러면 넌 어떻게 할 생각이야?"

아벨은 입술을 꽉 다물고 고개를 절레절레 흔들며 편지를 읽고 나서 물었다. 나는 불안과 슬픔으로 가득 차서 두 팔을 쳐들었다. 그가 계속 말했다.

"적어도 나는 네가 답장을 쓰지 않으면 좋겠어! 여자와 논쟁하는 건 쓸데없는 짓이니까……. 들어봐. 토요일에 르아브르에서 자면 일요일 아침에는 퐁괴즈마르에 도착할 테고 월요일 첫 수업에 맞춰 이리로 돌아올 수 있어. 군 복무를 마친 이후로 나는 네 친척들을 만나지 못했으니까 핑곗거리가 충분하고 또 명분도 서지. 그것이 핑계일 뿐이라는 걸 알리사가 알게 되면 더 좋고! 네가 알리사와 이야기하는 동안 나는 쥘리에트를 맡을게. 어린아이처럼 굴지 말고……. 사실 네 이야기에는 이해되지 않는 부분이 있는데 그건 네가 나한테 다 털어놓지 않아서겠지……. 상관없어! 내가 그걸 밝혀낼 테니까……. 절대 우리가 간다는 사실을 알려선 안 돼. 갑자기 찾아가서 네 사촌 누이가 대비할 시간을 주지 말아야 해."

정원의 살문을 밀면서 나는 심장이 몹시 두근거렸다. 쥘리에트가 곧장 달려나와 우리를 맞아주었다. 알리사는 속옷을 정리하고 있다며 금방 내려오지 않았다. 우리가 외삼촌, 미스 애슈버턴과 이야기를 나누는 사이 드디어 알리사가 응접실로 들어왔다. 우리의 갑작스러운 방문이 알리사를 당황스럽게 했을지는 몰라도 겉으로는 그런 기색이 드러나지 않았다. 나는 아벨이 한 말을 떠올렸다. 그녀가 한참 동안 모습을 드러내지 않은 것은 대비할 시간을 벌려던 게 분명했다. 더없이 활기찬 쥘리에트의 모습과 대조되어 알리사의 침착한 태도는 더욱 냉랭하게 보였다. 알리사는 내가 돌아온 것이 마음에 들지 않은 눈치였다. 아무튼 그녀는 자신의 태도에서 못마땅해 하는 모습을 보이려고 애썼다. 그런 그녀의 이면에서 좀 더 열렬하고 은밀한 감정을 찾아낸다는 것은 얼토당토않은 일이었다. 우리와 멀리 떨어져 창가 쪽 구석진 자리에 앉은 알리사는 수놓는 일에 온통 정신을 빼앗긴 듯 입술을 움직이면서 바늘땀을 세고 있었다. 아벨이 계속 이야기를 하고 있어서 얼마나 다행인지! 내게는 말할 기력도 없었기에 그가 군 복무 시절과 여행 이야기를 하지 않았다면 이 만남의 첫 시간은 침울하게 흘러갔을 것이다. 외삼촌 또한 유난히 걱정스러워하는 듯했다.

점심을 마치자마자 쥘리에트는 나를 따로 불러 정원으로 데려갔다. 우리 둘만 있게 되자 그녀가 소리쳤다.

"내게 청혼하는 사람이 있을 거라고 상상이나 했겠어! 플랑티에 고모가 어제 아빠한테 편지를 보냈는데, 님에서 포도를 재배하는 사람이 내게 청혼을 했대. 고모 말로는 아주 괜찮은 사람이래. 올 봄 사교 모임에서 나를 몇 번 보곤 반했다는 거야."

나는 그 남자에게 괜한 적개심을 품으며 물었다.

"너도 그 남자를 눈여겨봤던 거야?"

"그럼, 나도 그를 잘 알아. 사람 좋은 돈키호테 과의 남자야. 아주 못생기고 천박한 데다가 교양도 없고 우스꽝스럽기까지 해서 그 사람 앞에선 고모도 점잔을 빼지 못하지."

나는 빈정거리며 말했다.

"그 사람이…… 가능성은 있을까?"

"제롬! 지금 농담하는 거지! 그냥 장사꾼인데……! 오빠가 그 사람을 봤더라면 나한테 그런 질문 따위 하지 않았을 거야."

"그런데…… 외삼촌은 뭐라고 하셨어?"

"내가 했던 말 그대로. 결혼하기에는 내가 아직 너무 어리다고……."

쥘리에트는 웃으면서 덧붙였다.

"유감스럽게도 고모는 우리가 결혼에 반대할 거라고 예상했어. 그래서 추신에다 에두아르 테시에르 씨는, 이게 그 사람 이름이야, 기다리는 데 동의하며, 이렇게 일찍 청혼하는 것은 단지 '청혼자 후보 대열에 끼기' 위해서일 뿐이라고 썼어. 정말 터무니없는 소리지 뭐야. 하지만 내가 뭐라고 할 수 있겠어? 그가 너무 못생겨서 싫다고 전해달랄 수는 없는 노릇이잖아!"

"그렇긴 하지만 포도 재배하는 사람과는 결혼하기 싫다고 전할 수는 있겠지."

그녀는 어깨를 으쓱했다.

"그런 이유가 고모에게 통할 리가 없잖아……. 그 이야기는 관두자. 그건 그렇고 알리사가 오빠한테 편지했어?"

쥘리에트는 아주 수다스러웠고 몹시 흥분한 것처럼 보였다. 나는 쥘리에트에게 알리사의 편지를 건넸고 그녀는 얼굴을 붉히면서 그 편지를 읽었다.

"그래서 오빠는 어떻게 할 거야?"

나는 쥘리에트의 목소리에서 화가 났다는 것을 알아차릴 수 있었다. 내가 대답했다.

"나도 모르겠어. 지금은 여기에 온 걸 후회하고 있어. 차라리 편지를 쓰는 편이 훨씬 더 쉬웠을 것 같아. 넌 알리사가 무슨 말을 하고 싶은 건지 알겠니?"

"내가 보기에 알리사 언니는 오빠를 자유롭게 해주고 싶어 하는 것 같아."

"뭐, 내가 언제 자유를 원했다고? 그러면 넌 알리사가 왜 이런 편지를 썼는지도 알겠네?"

쥘리에트가 아주 쌀쌀맞게 모른다고 대답했기에 진실을 다 알아차릴 수는 없었다. 하지만 그 순간 나는 그녀가 그것을 모르지 않을 거라는 확신이 들었다. 쥘리에트는 우리가 걷던 산책로 모퉁이에서 갑자기 발길을 돌리더니 이렇게 말했다.

"이제 갈래. 오빠가 나랑 이야기하려고 여기 온 건 아닐 테니까. 우린 너무 오래 같이 있었어."

쥘리에트는 집 쪽으로 급하게 뛰어 도망쳤고, 조금 뒤에 그녀가 피아노 치는 소리가 들려왔다.

내가 응접실로 들어섰을 때 쥘리에트는 이제 즉흥 연주를 하는 듯 되는대로 피아노를 두드리면서 아벨과 이야기를 나누고 있었다. 나는 그 둘을 내버려두고 응접실에서 나왔다. 그리고 알리사를 찾느라 정원을 꽤 오랫동안 돌아다녔다.

알리사는 과수원 깊숙한 곳의 담벼락 밑에서 너도밤나무 낙엽 냄새가 뒤섞인 향기를 내뿜는, 어린 국화를 따고 있었다. 가을이 무르익었다. 태양은 나무 울타리만 가까스로 미지근하게 덥혀줬지만 하늘은 동양적인 정결함을 보여주었다. 알리사는 커다란 젤란트(네덜란드 남서부 해상에 있는 주―옮긴이)풍 머리 싸개로 얼굴을 거의 가리고 있었다. 아벨이 여행 기념 선물로 준 것을 곧바로 머리에 쓰고 나온 것이다. 내가 다가가는데도 알리사는 고개조차 돌리지 않았다. 하지만 몸을 억누르지 못하고 가볍게 떨고 있어서 내 발소리를 들었다는 것을 짐작하게 했다. 나는 나를 짓눌러올 알리사의 질책과 가혹함이 섞인 시선을 꿋꿋이 견뎌내려고 용기를 가다듬었다. 내가 아주 가까이 다가가 조심스럽게 발걸음을 늦추자 그녀는 토라진 어린아이처럼 고개를 숙이곤 꽃을 잔뜩 쥔 손을 뒤로 해서 내 쪽으로 내밀며 자기에게 오라는 듯 청했다. 내가 장난삼아 그녀의 신호와는 반대로 발걸음을 멈추자 그녀는 마침내 몸을 돌려 내게로 몇 걸음 다가왔다. 알리사가 고개를 들자 나는 밝은 미소를 머금은 얼굴을 볼 수 있었다. 그녀의 눈빛 덕분인지 담벼락 주위가 환하게 빛나는 느낌이었다. 그래서 나는 동요하지 않은 목소리로 쉽게 말문을 열기 시작했다.

"네 편지 때문에 다시 온 거야."

"그럴 거라고 짐작했어."

알리사는 이렇게 말하곤 이내 누그러진 말투로 천천히 말을 이었다.

"나를 화나게 하는 게 바로 그거야. 왜 내가 하는 말을 나쁘게 받아들이니? 아주 간단한 거였잖아……. (그러자 슬픔이나 어려움은 내 영혼에만 존재할 뿐 실제로는 허황된 것처럼 느껴졌다.) 우리는 이대로도 행복하다고 충분히 말했어. 바꿔보자는 네 제안을 내가 거절했다고 해서 그렇게 놀랄 건 없잖아?"

정말이지 나는 알리사 곁에서 행복하다고 느꼈다. 그것은 완벽한 행복이었기에 내 생각이 그녀의 생각과 조금도 다르지 않은 듯했다. 그래서 나는 미소를 띤 알리사와 이렇게 꽃으로 둘러싸인 포근한 길을 함께 손잡고 걷는 것 이상의 그 어떤 것도 더 바라지 않게 되었다.

나는 단번에 다른 희망을 모두 포기하고 이 순간의 완벽한 행복에 나 자신을 내맡긴 채 심각하게 말했다.

"그 편이 좋다면, 네가 그러는 편이 더 좋다면 약혼은 하지 말자. 네 편지를 받았을 때 내가 정말 행복했다는 것과 동시에 앞으로는 그렇지 않으리라는 것을 깨달았어. 아! 내가 느꼈던 행복을 돌려줘. 그 행복 없인 살 수가 없어. 난 평생 기다릴 수 있을 만큼 정말로 널 사랑해. 하지만 알리사, 네가 나를 사랑하지 않는다거나 내 사랑을 의심한다거나 하는 생각을 하면 견딜 수가 없어."

"그럴 리가! 제롬, 내가 어떻게 네 사랑을 의심할 수 있겠니!"

내게 그 말을 건네는 알리사의 목소리는 차분하고도 쓸쓸했다. 그렇지만 그녀를 빛나게 하는 미소는 평온하고 아름다워서 내 불안감과 항의를 부끄럽게 하는 것만 같았다. 그녀의 목소리 깊은 곳에서 내가 느끼는 슬픔의 여운은 그저 나의 불안감이나 항의에서 비롯된 것처럼 보였다. 나는 어떤 맥락도 없이 내 계획이며 학업, 또 좋은 점이 기대되는 새로운 생활을 이야기하기 시작했다. 당시의 사범학교는 지금과 여러 면에서 달랐다. 그래서 게으르거나 고집이 센 학생들은 엄격한 규율을 견디기 어려워했다. 하지만 학구적인 의지를 지닌 학생들은 오히려 그 규율 덕분에 안정적으로 생활할 수 있었다. 나는 수도원이나 다름없는 학교생활이 세상으로부터 나를 보호해주는 것만 같았다. 게다가 세상은 내 관심을 별로 끌지도 못할뿐더러 알리사가 두려워하기라도 한다면 나도 추악하게 느낄 것이 틀림없었다. 미스 애슈버턴은 처음에 어머니와 함께 머물던 파리의 아파트에서 그대로 살고 있었다. 아벨과 나는 파리에 미스 애슈버턴 말고는 아는 사람이 거의 없어서 일요일마다 그녀 곁에서 몇 시간씩 보내게 될 것이다. 알리사에게는 그때마다 편지를 써서 내 생활에 무관심해지지 않도록 할 것이다.

우리는 열려 있는 온실 창틀에 앉아 있었다. 온실 안은 끝물 열매까지 모두 거둔 오이의 굵은 넝쿨들이 제멋대로 뻗어 있었다. 알리사는 내 이야기를 들어주고 또 질문을 던지기도 했다. 나는 아직까지 그녀한테서 이보다 더 세심한 다정함과 열렬한 애정을 느껴본 적이 없었다. 두려움과 근심 그리고 아주 가벼운 불안감마저도 티 없이 푸른 하늘의 안개처럼 그녀의 미소 속에서 증발해버리고 매혹적인 내밀함 속에서 사그라져 갔다.

그 뒤에 쥘리에트와 아벨이 우리를 만나러 왔다. 우리는 너도밤나무 숲의 벤치에 앉아 스윈번의 〈시간의 승리〉를 한 절씩 번갈아 읽으며 하루의 마지막을 보냈다. 날이 저물었다.

"자, 이제 앞으론 이렇게 비현실적으로 굴지 않겠다고 약속해줘……."

우리가 떠날 때 알리사는 나를 껴안으며 손위 누이 같은 태도로 반쯤은 농담처럼 말했다. 내 경솔한 행동 탓에 그런 태도를 보인 것 같기도 하고 그녀 스스로 그렇게 마음먹은 것 같기도 했다.

둘만 남게 되자 아벨이 물었다.

"그래, 약혼은 한 거야?"

"아니, 이제 그런 건 상관없어."

나는 다른 질문들을 모두 막아버리려는 듯한 말투로 곧 덧붙여 말했다.

"그리고 이대로 지내는 게 훨씬 좋아. 오늘 저녁처럼 행복한 적이 없었어."

아벨이 외쳤다.

"나도 그래."

그는 갑자기 내 목을 끌어안더니 이렇게 말했다.

"놀랍고도 굉장한 이야기를 해줄게! 제롬, 나는 쥘리에트를 미친 듯이 사랑해! 이미 지난해부터 그런 생각이 조금씩 들기 시작했지. 하지만 그 뒤로 세상을 경험했고 네 사촌 누이들을 다시 만나기 전까진 네게 아무 말도 하고 싶지 않았어. 이제 다 됐어. 내 인생이 결정된 거야.

　　나는 사랑하노라. 아니, 사랑하다니, 나는 무슨 말을 하고 있는가……. 나는 쥘리에트를 열렬히 사랑하노라!(장 라신의 희곡《브리타니쿠스》에 나오는 네론의 대사를 흉내 낸 것—옮긴이)

　　나는 오래전부터 네게 아마도 동서로서 애정을 느끼고 있었던 것 같아……."

그러고 나서 아벨은 웃고 장난치며 팔을 한껏 벌려 나를 끌어안더니 우리를 파리로 데려다주는 기차 안의 좌석 위를 어린아이처럼 뒹굴었다. 그의 고백에 나는 숨이 턱 막히는 듯했고 그 고백에 섞여 있는 문학적인 꾸밈새에도 약간 거북함을 느꼈다. 그렇지만 그런 열렬함과 기쁨에 저항할 방법이 있을까? 아벨이 사랑이라는 감정을 죄다 드러내놓고 말하는 사이에 나는 간신히 끼어들어 그에게 물었다.

"고백은 했어?"

아벨이 외쳤다.

"아니, 절대 아니야! 나는 이야기의 가장 매혹적인 장면을 건너뛰고 싶지 않거든.

그대를 사랑한다고 말할 때가

사랑의 최상의 순간은 아니리라…….

자! 이걸로 네가 날 비난하지는 않겠지. 느림의 대가인 네가 말이야."

나는 조금 신경에 거슬려 말했다.

"그렇지만 어쨌든 네 생각에는 쥘리에트 쪽에서도……?"

"넌 그녀가 날 다시 만났을 때 떠는 걸 눈치채지 못했나 보구나! 우리가 그곳에 있던 내내 동요하고 얼굴을 붉히며 많은 말을 쏟아냈는데도……! 아니지, 네가 눈치채지 못한 것도 당연한 일이지. 넌 알리사에게만 온통 정신이 팔려 있었으니……. 쥘리에트가 나한테 어찌나 질문을 해대던지! 내가 하는 말들을 얼마나 온 마음으로 받아들이던지! 일 년 동안 그녀는 정말로 총명해졌더라고. 너는 왜 그녀가 독서를 좋아하지 않는다고 생각한 건지 알 수가 없더군. 언제나 독서는 알리사만을 위한 거라고 생각하잖아……. 그런데 이 친구야, 쥘리에트가 알고 있는 모든 것은 정말로 놀랄 만한 거라고! 우리가 저녁 식사 전에 뭘 하면서 즐거운 시간을 보냈는지 알아? 단테의 칸초네를 암송했어. 우리는 한 구절씩 번갈아 암송했는데 내가 틀리면 그녀가 그 부분을 이어받는 거야. 너도 잘 알지?

내 마음을 가득 채워주는 사랑의 마음이여.

너는 쥘리에트가 이탈리아어를 배웠다는 걸 말해주지 않았잖아."

나는 몹시 놀라며 말했다.

"그건 나도 몰랐는데."

"뭐라고! 칸초네를 암송하기 전에 쥘리에트는 그걸 네가 가르쳐줬다고 했는데."

"아마도 우리 옆에서 바느질을 하거나 수를 놓다가 내가 알리사한테 읽어주는 걸 들은 모양이야. 하지만 그 애는 자기가 이해하고 있다는 걸 전혀 내색하지 않았는데."

"맞아! 알리사와 너, 너희 둘은 정말 지독한 이기주의자야. 온통 너희 사랑에만 빠져서 지성이나 영혼을 놀랍도록 꽃피우는 쥘리에트에겐 눈길 한 번 주지 않았던 거지! 내 입으로 나를 칭찬하는 것 같지만 어쨌든 내가 아주 알맞은 때에 나타난 거야…… 아냐, 너를 원망하는 건 아니야."

아벨은 또다시 나를 끌어안으면서 말했다.

"한 가지만 약속해줘, 알리사에게 이 모든 것을 한마디도 하지 않겠다고. 내 연애는 나 혼자서 해나가고 싶으니까. 쥘리에트는 확실히 내게 사로잡혔어. 다음 방학까지 그녀를 내버려둬도 충분할 만큼. 난 그녀한테 편지도 쓰지 않을 생각이야.

그렇지만 신년 휴가 때가 되면 너와 함께 르아브르로 갈 거고, 그렇게 되면……."

"그렇게 되면……?"

"알리사는 바로 우리 약혼을 알게 되겠지. 나는 빠르게 진행할 작정이니까. 그러면 무슨 일이 일어날 것 같아? 네가 이끌어내지 못한 알리사의 동의를 얻어내 주겠다는 거지. 우리가 본보기를 보여서 말이야. 너희가 결혼하기 전까진 우리도 결혼할 수 없다고 그녀를 설득하는 거야."

아벨은 이야기를 이어나갔다. 기차가 파리에 도착했을 때도, 사범학교로 돌아왔을 때도 멈추지 않고 계속된 말의 흐름 속에 나는 완전히 빠져들었다. 역에서 학교까지 걷느라 이미 꽤 늦은 시간이었는데도 아벨은 내 방까지 따라 들어왔다. 그리고 우리는 아침까지 대화를 계속했다.

아벨의 열정은 현재와 미래를 자유로이 넘나들었다. 그는 이미 우리 두 쌍의 결혼을 마음속에 그리며 이야기하곤 했다. 우리 각자의 기쁨과 환희를 상상하고 묘사했으며, 우리의 이야기와 우리의 우정 그리고 내 사랑에서 자신이 하는 역할의 아름다움에 몰두해 있었다. 나는 그토록 사람을 기분 좋게 해주는 열의에 제대로 저항하지 못하고 결국엔 나 자신도 그 열기에 사로잡혔다. 그리고 그의 몽상가적인 제안에 서서히 마음을 빼앗기고 말았다. 사랑으로 말미암아 우리의 야망과 용기도 커져만 갔다. 학교를 졸업하자마자 우리 두 쌍은 보티에 목사의 주례로 결혼식을 올릴 테고 넷이서 함께 여행을 떠나게 되리라. 그러고 나서 우리는 거창한 일을 시작하고 우리 아내들은 기꺼이 협력자가 되어줄 것이다. 교직에는 별다른 흥미를 느끼지 못하고 글 쓰는 소질을 타고났다고 믿는 아벨은 성공적인 희곡 작품을 몇 편 써서 짧은 시간에 막대한 돈을 벌어들이리라. 학문에서 얻는 이익보다 학문 자체에 더 흥미를 느끼는 나는 종교철학 분야를 파고들어 그에 대한 역사를 써볼 작정이었다……. 하지만 이제 와서 그 많은 희망을 다시 떠올리는 것이 무슨 소용이 있겠는가?

다음 날부터 우리는 다시 학업에 몰두했다.

4장

신년 휴가까지는 시간이 아주 짧았기에 지난번 알리사와의 만남으로 한껏 올라간 내 믿음은 한순간도 떨어질 겨를이 없었다. 결심한 대로 나는 일요일마다 그녀에게 긴 편지를 쓰곤 했다. 다른 날에는 학교 친구들과 거리를 두고 겨우 아벨이나 만날 뿐 알리사 생각을 하면서 하루하루를 지냈다. 내가 좋아하는 책에는 나보다도 알리사가 흥미로워할 만한 내용을 찾아 그녀가 알아보기 쉽도록 표시해두곤 했다. 그녀의 편지들은 여전히 나를 불안하게 했다. 알리사는 내 편지에 꽤나 규칙적으로 답장을 해주었다. 하지만 나를 뒤따라오는 그녀의 열정은 마음의 이끌림이라기보다는 내 학업 의지를 북돋워 주려는 배려심에 가까운 것 같았다. 심지어 평가나 토론, 비평이 내게는 내 생각을 표현하는 수단일 뿐이라면 그녀는 자신의 생각을 숨기는 데 그 모든 것을 이용하는 듯했다. 때때로 나는 알리사가 내게 장난을 치고 있는 게 아닌지 의심하기도 했다……. 아무려면 어떠랴! 그 어떤 일에도 불평하지 않기로 굳게 결심한 나는 내 편지에서 아무런 불안감도 드러내지 않았다.

12월이 끝나갈 무렵, 아벨과 나는 르아브르로 떠났다. 나는 플랑티에 이모 집에서 지내기로 했다. 내가 도착했을 때 이모는 집에 없었다. 하지만 방에 짐을 풀자마자 하인이 와서 이모가 응접실에서 기다린다고 알려주었다.

이모는 내 건강이니 거처니 학업에 대한 소식을 알기가 무섭게 조심성 없이 애정 어린 호기심을 드러냈다.

"얘야, 퐁괴즈마르에서는 어땠는지 아직 말해주지 않았잖니? 네 애정 문제는 조금 진전이 있는 거니?"

나는 이모의 사려 깊지 못한 친절함을 견뎌내야 했다. 사람의 감정을 그토록 간단하게 취급해버리는 것을 듣고 있으니 가장 순수하고 부드러운 단어들조차 내게는 가혹하게 느껴져 고통스러웠다. 하지만 꾸밈없고 진심 어린 어조로 이야기하는 이모에게 화를 내는 것도 어리석은 짓이었다. 어쨌거나 나는 일단은 조금 무뚝뚝하게 대답했다.

"지난번에는 제가 약혼하기에 아직은 어리다고 말씀하셨잖아요?"

"맞아, 그랬지. 우선은 그렇게 말했지."

이모는 갑자기 내 한쪽 손을 비장하게 꼭 잡더니 말을 이었다.

"그리고 네 학업이니 군 복무니 하는 문제로 몇 년이 더 지나기 전에는 너희가 결혼할 수 없다는 것도 잘 안다. 하지만 내 생각에는 약혼 기간이 너무 긴 것도 좋지 않은 듯하구나. 그렇게 되면 아가씨들은 지치게 마련이거든……. 물론 때로는 아주 감동적이기도 하지만……. 공식적으로 약혼할 필요는 없어……. 다만 그렇게 해두면 아가씨들을 찾아 헤맬 필요가 없다는 사실을 주변에 넌지시 알릴 수 있어. 게다가 약혼하면 너희가 편지를 교환하고 교제하는 것도 정식으로 인정받을 수 있으니까. 다른 혼처가 나타난다고 해도 말이다. 그럴 수도 있는 일이잖니."

이모는 의미심장한 미소를 지으며 가만히 말했다.

"약혼을 해두면 그런 제안에도 완곡하게 거절할 수 있잖니. 너도 쥘리에트가 청혼받았다는 걸 알고 있지! 그 애는 올 겨울에 무척 눈길을 끌었어. 하지만 아직 어려. 그래서 그 애도 그렇게 대답했지. 그런데 그 청년이 기다리겠다는 거야. 정확하게 말하면 청년은 아니지만…… 요컨대 훌륭한 결혼 상대지. 믿을 만한 사람이고. 너도 내일이면 그 사람을 보게 될 거다.

크리스마스트리를 보러 우리 집에 오기로 했거든. 그 사람의 인상이 어떤지 말해주렴."

"그런데 이모, 그 사람이 괜한 헛수고를 하는 게 아닌가요. 쥘리에트는 다른 사람을 마음에 두고 있는 게 아닌지 걱정되어서요."

나는 아벨의 이름을 꺼내지 않으려고 무척 애쓰며 말했다. 이모는 믿지 못하겠다는 듯 입을 비죽거리며 고개를 갸웃한 채 의심쩍게 말했다.

"흠! 너도 참 사람을 놀라게 하는구나! 그러면 그 애가 왜 나한테 한마디도 하지 않았을까?"

나는 더 이상 말하지 않으려고 입술을 깨물었다. 이모는 그런 나를 힐긋 보더니 말을 이어갔다.

"설마! 두고 보면 알겠지…… 요즘 쥘리에트가 좀 아팠어. 게다가 지금 문제가 되는 건 그 애가 아니야…… 아! 알리사도 참으로 사랑스러운 아이지…… 그래서 너는 그 아이한테 고백을 한 거냐, 하지 않은 거냐?"

나는 너무나도 부적절하고 노골적으로 들리는 고백이라는 단어에 진심으로 거부감을 느꼈다. 하지만 정면으로 질문을 받은 데다 거짓말하는 재주도 없어 대답을 얼버무렸다.

"예."

나는 얼굴이 달아오르는 것만 같았다.

"그 애가 뭐라고 했니?"

나는 고개를 숙였다. 대답하고 싶지 않았다. 하지만 무슨 말이라도 해야만 했다.

"약혼하는 걸 거절했어요."

이모는 무릎을 탁 치며 소리쳤다.

"그래, 그 애 생각이 맞아! 너희한테는 시간이 충분하잖니, 그렇고말고……."

"아! 이모, 그쯤 해두세요."

나는 이모를 말리려고 해봤지만 헛일이었다.

"하기야 그 애가 그렇게 한 것도 놀랄 일은 아니지. 네 사촌 누이는 언제나 너보다 더 철이 든 것처럼 보였거든……."

그때 나는 아마도 그런 질문들 때문에 짜증이 나서 그랬겠지만 스스로 알 수 없는 감정에 사로잡혀 갑자기 심장이 터질 것만 같았다. 그래서 자상한 이모의 무릎에 어린아이처럼 얼굴을 부비고 흐느끼며 외쳤다.

"아니에요, 이모는 모르세요. 그 애가 저한테 기다려달라고 한 게 아니었어요."

"그럼 뭐란 말이냐! 그 애가 널 거절하기라도 했다는 거니?"

이모는 손으로 내 얼굴을 들어 올리고 안쓰럽다는 듯 다정하게 물었다.

"아니요…… 꼭 그렇다고 할 순 없어요……."

나는 슬프게 고개를 저었다.

"그 애가 널 사랑하지 않게 될까 봐 두려운 거니?"

"아! 아니에요. 제가 두려워하는 건 그게 아니에요."

"가여운 아가, 내가 널 이해하기 바란다면 좀 더 분명하게 설명해주렴."

나는 연약한 모습을 내보인 것이 몹시 부끄러우면서 슬펐다. 물론 이모는 내가 불안해하는 이유를 이해할 수 없을 것이다. 하지만 알리사의 거절 뒤에 분명한 이유가 감춰져 있다면 이모가 그녀에게 슬그머니 물어봐서 내가 그 이유를 알아내도록 도와줄 수 있을지도 몰랐다.

그런데 이모가 먼저 그 말을 꺼냈다.

"들어보렴, 알리사가 나를 도와 크리스마스트리를 꾸미러 내일 아침에 여기로 올 거란다. 어찌 된 일인지 알아보마. 그리고 점심 먹을 때 네게 알려주지. 틀림없이 네가 불안해할 만한 일은 없을 거야."

나는 뷔콜랭 외삼촌 집에 저녁 식사를 하러 갔다. 며칠 전부터 몸이 아프다던 쥘리에트는 달라져 있었다. 눈길이 조금 사납고 무뚝뚝해 보여서 자기 언니하고는 예전보다 더 달라 보였다. 그날 저녁은 두 사람 가운데 누구와도 따로 이야기를 하지 못했다. 나 또한 그러고 싶지 않았고 외삼촌도 피곤해 보였기에 식사를 마치고 난 뒤 자리에서 물러났다.

플랑티에 이모가 만드는 크리스마스트리는 해마다 많은 아이들과 친척들, 친구들을 모여들게 했다. 트리는 층계참을 이루고 있는 현관에 세워놓았는데 이곳에서 첫 번째 대기실과 응접실 그리고 음식을 차려놓은 온실과 비슷한 방의 유리문으로 들어갈 수 있었다. 트리가 아직 완성되지 않아 내가 도착한 다음 날인 성탄절 아침, 알리사는 이모가 말한 대로 꽤 이른 아침부터 이모를 도와 트리 가지에 장식과 조명, 과일, 사탕, 과자, 장난감 등을 매달았다. 나도 알리사 곁에서 그 일을 돕는다면 커다란 즐거움을 느낄 수 있을 테지만 이모가 그녀와 이야기를 나누도록 자리를 피해야 했다. 그래서 나는 알리사와 마주치지 않은 채 집에서 나와 오전 내내 불안감을 잠재우려고 애썼다.

나는 먼저 쥘리에트를 다시 만나고 싶은 마음에 뷔콜랭 외삼촌 집으로 갔다. 그런데 아벨이 나보다 먼저 그녀 곁에 와 있었다. 나는 결정적인 대화를 방해할까 봐 곧 그 자리를 떴고 점심시간이 될 때까지 부두와 길거리를 돌아다녔다.

내가 집으로 돌아오자 이모는 외쳤다.

"세상에나, 바보 같으니라고! 인생을 그런 식으로 망쳐도 되는 거냐! 오늘 아침 네가 한 모든 이야기 속에 이치에 맞는 말은 한마디도 없더구나……. 아! 나는 빙빙 돌리지 않고 곧바로 행동했지. 우리를 돕느라고 피곤해하는 미스 애슈버턴을 산책하라고 내보낸 뒤 알리사와 단둘이 남게 되자마자 왜 올여름에 약혼하지 않은 거냐고 대놓고 물어봤단다. 너는 그 애가 당황했을 거라고 생각하겠지? 그 애는 한순간도 동요하지 않고 아주 차분하게 자기는 동생보다 먼저 결혼하고 싶지 않다고 대답하더구나. 네가 그 애한테 솔직하게 물어봤다고 해도 똑같이 말했을 거야. 네가 불안해한 이유가 바로 그거 아니었니? 애야, 생각해보렴. 솔직함보다 더 나은 건 없단다…….가엾은 알리사는 제 아버지 이야기를 하면서 아버지를 떠날수 없다고 하더구나……. 아! 우리는 많은 이야기를 나눴지.고 귀여운 아가씨는 정말 철이 들었어. 그 애는 또 자기가 너한테 어울리는 사람인지 아직 확신할 수가 없다고도 말하더구나. 너보다 나이가 너무 많은 게 아닌지 걱정된다고. 쥘리에트 또래의 여자가 더 낫지 않겠느냐고 하면서……."

이모는 계속해서 말했지만 나는 더 이상 듣지 않았다. 내게 중요한 것은 오직 한 가지뿐이었다. 알리사가 동생보다 먼저 결혼하기를 거부한다는 것. 그렇지만 아벨이 있지 않은가! 그 건방진 녀석이 옳았다. 그는 자신이 말한 대로 우리 두 쌍의 결혼이라는 목적을 동시에 이루려고 한 것이었다…….

그렇게도 단순한 사실이 밝혀지자 나는 마음의 동요를 이모에게 들키지 않으려고 온 힘을 다했다. 나는 이모에게 아주 자연스러워 보이는 기쁨, 그리고 그것이 다 그녀가 내게 준 것인 양 이모를 만족스럽게 하는 기쁨만을 드러내 보였다. 그리고 점심을 먹기가 무섭게 아무렇게나 둘러대고 이모 곁을 떠나 아벨을 만나러 달려갔다.

"그것 봐! 내가 뭐라고 했어!"

내 기쁜 마음을 알리자마자 그가 나를 끌어안으면서 외쳤다. 그러고는 이어서 말했다.

"이봐 친구, 대부분 네 이야기뿐이었지만 오늘 아침에 내가 쥘리에트와 나눈 대화는 거의 결정적이었다고 할 수 있어. 그런데 쥘리에트가 피곤하고 짜증이 나 있는 것처럼 보여서 내가 지나치게 깊이 이야기를 끌고 나가 그녀를 불안하게 하고 너무 오래 머무르면서 흥분시키는 게 아닐까 걱정이 앞섰지. 하지만 네가 사실을 알려주었으니 이제 다 된 거야! 나는 빨리 가서 지팡이와 모자를 가져와야겠어. 중간에 내가 날아가면 붙잡아야 하니 뷔콜랭 댁 앞까지만 나와 함께 가줘. 나는 지금 오이포리온(괴테의 《파우스트》에서 파우스트와 헬레네 사이에 태어난 아이로, 하늘을 날려다가 바위에 떨어져 죽는다—옮긴이)보다 더 가벼운 것 같으니까……. 알리사가 너와의 약혼을 거절하는 이유가 자기 때문이었다는 걸 쥘리에트가 알게 된다면, 내가 곧 그녀에게 청혼하게 된다면……. 아! 친구, 오늘 저녁 크리스마스트리 앞에서 행복에 겨운 눈물을 흘리며 주님을 찬양하고 무릎 꿇은 네 명의 약혼자 머리 위로 축복이 가득한 손을 드리우시는 아버지의 모습이 벌써 눈앞에 선해. 미스 애슈버턴은 깊은 한숨 속으로 사라지고, 플랑티에 이모님은 자신의 블라우스 안으로 녹아들며, 온통 반짝거리는 크리스마스트리는 하느님의 영광을 노래하고 성서에 등장하는 산들처럼 손뼉을 치겠지.”

저녁 무렵이 되어서야 크리스마스트리에 불을 밝혔고 아이들과 친척들, 친구들이 그 주위로 모여들었다. 아벨과 헤어진 뒤 할 일도 없고 불안과 초조감에 휩싸인 나는 마음을 진정시키기 위해 생트아드레스 절벽 위로 긴 산책을 나갔다. 그런데 길을 잘못 드는 바람에 플랑티에 이모 집으로 돌아왔을 때는 벌써 축제를 시작한 뒤였다.

현관에 들어서자 알리사가 눈에 들어왔다. 나를 기다리고 있었던 듯 곧 내게로 왔다. 알리사는 밝은색 블라우스를 입고, 작고 오래된 자수정 목걸이를 걸고 있었다. 그 목걸이는 어머니의 유품으로, 내가 주긴 했지만 지금껏 한 번도 목에 걸고 있는 모습을 보지 못했다. 알리사의 파리한 모습과 얼굴에서 드러나는 고통스러운 표정이 내 마음을 아프게 했다.

알리사는 억눌린 듯 다급한 목소리로 말했다.

“왜 이렇게 늦게 온 거야? 너와 이야기하고 싶었단 말이야.”

"절벽에서 길을 잘못 든 바람에……. 그런데 너 어디가 아파 보여……. 오! 알리사, 무슨 일이야?"

알리사는 입술을 떨며 당황한 듯 잠깐 내 앞에 그대로 서 있었다. 그녀의 불안한 모습이 내 가슴을 옥죄어서 나는 함부로 더 물어볼 수가 없었다. 알리사는 얼굴을 끌어당기려는 듯 내 목에 손을 갖다 댔다. 내게 무언가를 이야기하고 싶어 하는 것 같았지만 바로 그때 손님들이 들이닥쳤다. 낙담한 그녀는 손을 아래로 떨어뜨렸다.

알리사가 나직이 말했다.

"이제는 시간이 없어."

그러더니 눈물이 가득해진 내 눈을 바라보며 내 눈길이 보내는 질문에 이렇게 답하는 것이었다. 그런 하찮은 설명으로도 나를 진정시키기에 충분하다는 듯이 말이다.

"아니야…… 안심해. 그냥 머리가 아픈 것뿐이야. 아이들이 어찌나 소란을 피워대는지…… 여기로 피해 있어야만 했어. 이제 아이들 곁으로 돌아가 봐야 해."

알리사는 갑자기 내 곁을 떠났다. 그 자리에 나와 알리사를 갈라놓은 손님들이 들어왔다. 나는 그녀를 다시 보려고 응접실로 갔다. 방의 반대편에서 한 무리의 아이들에게 둘러싸여 놀이를 준비해주는 그녀의 모습이 보였다. 알리사와 나 사이에는 누군가에게 붙잡히지 않곤 뚫고 지나가지 못할 만큼 많은 사람이 있었다. 나는 도저히 예의를 차리거나 대화를 나눌 수 없을 것 같았다. 벽을 따라 슬그머니 빠져나가 본다면……? 나는 일단 시도해보기로 했다.

정원의 커다란 유리문 앞으로 지나가려 하는데 누군가 내 팔을 붙잡았다. 커튼으로 몸을 반쯤 가린 쥘리에트가 문틈에 서 있었다. 그녀가 서둘러 말했다.

"온실로 가자. 꼭 말해줄 게 있어. 오빠는 그쪽으로 가. 나도 곧 갈게."

그러더니 문을 반쯤 열곤 정원으로 달아났다. 무슨 일이지? 나는 아벨을 다시 보고 싶었다. 그가 무슨 말을 했는가? 무슨 짓을 한 것인가……? 현관 쪽으로 되돌아오다가 나는 쥘리에트가 기다리는 온실로 갔다.

쥘리에트의 얼굴은 불타는 듯 달아올라 있었다. 눈썹을 찌푸리고 있어서 눈빛이 사납고 날카로워 보였다. 그리고 두 눈은 열기를 품은 듯 번뜩였다. 목소리조차 거칠고 굳어 있는 듯 했다. 어떤 분노가 그녀를 흥분시키고 있었다. 불안함을 느끼면서도 나는 그녀의 아름다움 때문에 놀라고 당황스러웠다. 우리는 단둘이 있었다.

쥘리에트는 곧바로 내게 물었다.

"알리사 언니가 오빠한테 무슨 얘기 했어?"

"겨우 두어 마디 했을까. 내가 너무 늦게 돌아왔거든."

"언니는 내가 먼저 결혼하길 바란다는 걸 알고 있어?"

"응."

그녀는 나를 뚫어지게 바라봤다…….

"그럼 내가 누구와 결혼하길 바라는지도 알고 있어?"

나는 잠자코 있었다. 쥘리에트가 소리쳤다.

"바로 오빠란 말이야."

"무슨 말도 안 되는 소리야!"

"왜 아니겠어!"

쥘리에트의 목소리에는 절망감과 더불어 의기양양함이 묻어 있었다. 그녀는 벌떡 일어섰다. 아니, 그보다는 뒤로 펄쩍 물러났다.

"이젠 내가 할 일이 뭔지 알겠어."

쥘리에트는 정원 문을 열면서 막연히 이렇게 덧붙이더니 문을 거칠게 닫고 그곳을 떠났다.

내 머리와 마음속에서 모든 것이 비틀거렸다. 관자놀이에서 맥박이 뛰는 게 느껴졌다. 오로지 한 가지 생각만이 내 당혹감에 맞서고 있었다. 아벨을 다시 만나야 한다. 그러면 두 자매의 야릇한 말들을 내게 설명해줄 수 있을 것이다……. 그렇지만 나는 모두가 어쩔 줄 몰라 하는 내 모습을 눈치챌 것 같다는 생각에 응접실로 돌아갈 수가 없었다. 그래서 밖으로 나갔다. 정원의 차가운 공기가 나를 진정시켰다. 나는 얼마 동안 그곳에 머물렀다. 저녁이 되자 마을은 바다 안개에 휩싸였다. 나무에선 나뭇잎이 모두 떨어졌고 땅과 하늘은 더없이 황량해 보였다……. 노랫소리가 크게 들려왔다. 크리스마스트리 주위에 모인 아이들의 합창 소리이리라. 나는 현관을 지나 다시 안으로 들어갔다. 응접실과 대기실의 문들이 열려 있었다. 이제는 텅 비어버린 응접실의 피아노 뒤편에서 쥘리에트와 이야기를 나누는 이모의 모습이 언뜻 보였다. 손님들은 대기실의 크리스마스트리 주변으로 모여들었다. 아이들이 성가 합창을 마친 참이었다. 정적이 감돌더니 크리스마스트리 앞에서 보티에 목사가 설교 비슷한 말씀을 시작했다. 목사는 '좋은 씨를 뿌린다'고 일컫는 어떤 기회도 놓치는 법이 없었다. 나는 조명과 열기 탓에 불쾌해져서 다시 밖으로 나가고 싶었다. 그런데 문에 기대서 있는 아벨이 보였다. 얼마 전부터 그곳에 있었던 모양이었다. 그는 나를 적의에 찬 눈으로 바라보다가 눈길이 마주치자 어깨를 으쓱해 보였다. 나는 그에게로 다가갔다.

아벨은 나직한 목소리로 말했다.

"멍청하긴!"

그러더니 갑자기 이렇게 말했다.

"아! 그래, 나가자. 설교 말씀이라면 진저리가 난다!"

그는 바깥으로 나오자마자 또다시 "멍청한 녀석!"이라고 말했다. 내가 말없이 걱정스러운 듯 바라보자 못마땅한 어조로 내게 따지듯 말했다.

"쥘리에트가 좋아하는 사람은 바로 너라고, 멍청한 녀석아! 그걸 나한테 이야기해줄 수는 없었어?"

나는 너무 놀라 얼굴빛이 변했다. 무슨 말인지 알고 싶지도 않았다. 아벨은 내 팔을 붙잡곤 화를 내며 흔들어댔다. 꽉 다문 이 사이로 그의 떨리는 목소리가 새어나왔다.

"그래, 그렇겠지! 물론 너 혼자선 알아차릴 수조차 없었단 말이지!"

아벨이 무턱대고 성큼성큼 나를 끌고 가는 동안 나도 떨리는 목소리로 그에게 말했다.

"아벨, 제발 그렇게 화만 내지 말고 무슨 일이 있었는지 얘기해봐. 난 정말 아무것도 모르겠어."

희미한 가로등 아래에서 아벨이 갑자기 멈춰 서더니 나를 뚫어지게 바라봤다. 이내 나를 거세게 끌어당겨 내 어깨에 머리를 기대고 흐느끼며 중얼거렸다.

"미안하다! 나 또한 바보야. 나는 너보다도 더 분명하게 볼 줄 몰랐던 거야, 가련하게도."

눈물 덕분에 아벨은 조금 진정이 된 것 같았다. 그는 다시 고개를 들고 걷기 시작하더니 말을 이어갔다.

"무슨 일이 있었느냐고……? 이제 와서 그 이야기를 다시 해본들 무슨 소용이 있겠어? 너한테 말한 대로 나는 아침에 쥘리에트와 이야기를 나눴지. 그녀는 오늘따라 더 아름답고 생기발랄해 보였어. 나는 그게 나 때문일 거라고 생각했어. 그런데 단지 우리가 네 이야기를 하고 있어서 그랬던 거야."

"그때는 너도 알아차릴 수 없었던 거지?"

"그래, 전혀 몰랐지. 그렇지만 지금 와서는 아주 사소한 것까지 명확하게 보여……."

"네가 오해하는 것이 아닌 게 확실해?"

"오해하다니! 이봐, 장님이 아니고서야 쥘리에트가 널 사랑한다는 걸 모를 수가 없어."

"그래서 알리사가……."

"그래서 알리사가 자신을 희생하는 거야. 동생의 비밀을 알아차리곤 쥘리에트에게 양보하려는 거지. 그래, 이 친구야! 어쨌거나 그걸 이해하는 건 어렵지 않아……. 나는 쥘리에트와 다시 이야기해보고 싶었어. 그런데 내가 첫마디를 꺼내자마자, 아니 그보다 내가 무슨 말을 하려는지 눈치채자마자 쥘리에트는 우리가 앉아 있던 소파에서 일어서더니 '그럴 줄 알았어' 하고 몇 번이나 되풀이해서 말하는 거야. 그 모든 걸 알지 못하고 있던 사람의 말투로……."

"아! 그런 농담은 하지 마!

"왜? 난 이 얘기가 정말 우스운데…… 쥘리에트는 갑자기 자기 언니 방으로 서둘러 달려가더군. 갑작스럽게 화를 내는 목소리가 들려와서 나도 불안했지. 쥘리에트를 다시 보고 싶었는데 조금 뒤에 알리사가 방에서 나왔어. 알리사는 모자를 쓰고 있었는데 나를 보자 난처한 듯 서둘러 인사만 하고 지나가더군. 그게 다야."

"쥘리에트는 다시 보지 못했어?"

조금 망설이더니 아벨이 말했다.

"봤지. 알리사가 나간 다음 나는 방문을 밀고 들어갔어. 쥘리에트는 대리석 위에 팔꿈치를 대고 손으로 턱을 괸 채 벽난로 앞에서 꼼짝도 하지 않더군. 그녀는 거울에 비친 자신을 뚫어지게 바라보고 있었어. 내가 들어온 기척을 느끼자 돌아보지도 않고 발을 구르며 소리쳤어. '나 좀 내버려둬!'라고. 어찌나 매몰차게 말하던지 같이 있어도 되느냐고 물어보지도 못하고 다시 밖으로 나왔어. 그게 다야."

"그럼 이제는?"

"아! 너한테 말하고 나니 마음이 편하다…… 그럼 이제는? 그렇지, 너는 쥘리에트의 상사병을 치료해줘야지. 내가 알리사를 잘못 알고 있는 게 아니라면 그녀는 그전엔 네게 돌아오지 않을 테니까."

우리는 말없이 한참을 걸었다. 마침내 아벨이 말문을 열었다.

"돌아가자! 이제 손님들도 다 갔겠지. 아버지가 나를 기다리고 계실까 봐 걱정돼."

우리는 돌아갔다. 응접실은 텅 비어 있었다. 대기실에는 장식을 떼어내고 조명도 거의 꺼놓은 트리 주변에 이모와 두 자녀, 뷔콜랭 외삼촌, 미스 애슈버턴, 보티에 목사, 사촌들 그리고 꽤나 우스꽝스럽게 생긴 한 사람만 남아 있었다. 나는 그가 이모와 한참 동안 이야기를 나누는 모습을 본 적이 있었지만 그제야 쥘리에트에게 청혼한 사람임을 알아차렸다. 그는 우리 가운데 누구보다도 더 크고 강하며 혈색이 좋은 데다 머리도 거의 벗겨져 있었다. 신분과 계층, 혈통이 다른 그 사람은 우리 속에서 낯설어하는 것 같았다. 그는 무성한 콧수염 밑의 희끗희끗한 수염 끄트머리를 안절부절못하며 잡아당겼다 비비 꼬았다 하고 있었다. 문들을 열어놓은 현관은 이미 불이 꺼져 있었다. 아벨과 나는 조용히 들어왔기에 아무도 우리가 있다는 것을 알아차리지 못했다. 그때 끔찍한 예감이 나를 옥죄어 왔다.

아벨이 내 팔을 붙잡으며 말했다.

"거기 서!"

우리는 낯선 남자가 쥘리에트에게 다가가 손을 내미는 모습을 봤다. 그녀는 그에게 시선을 돌리지 않은 채 순순히 자기 손을 내어주었다. 내 머릿속이 깜깜해졌다. 나는 여전히 이해하지 못하겠다는 듯, 아니 내가 잘못 이해한 것이기를 바란다는 듯 나직하게 말했다.

"그런데 아벨, 대체 무슨 일이 일어나고 있는 거지?"

이 사이로 새어나오는 목소리로 아벨이 말했다.

"그렇군! 저 아이는 자신을 경매에 내놓은 거야. 제 언니 밑에 남아 있기를 바라지 않으니까. 하늘 위에서 천사들이 박수갈채를 보내겠지!"

외삼촌이 다가가 미스 애슈버턴과 이모에게 둘러싸인 쥘리에트를 안아주었다. 보티에 목사도 다가갔다……. 나는 앞으로 한 걸음 나갔다. 알리사가 나를 알아보고 달려와 몸을 떨며 말했다.

"제롬, 이건 아니야. 쥘리에트는 저 남자를 사랑하지 않아! 오늘 아침에도 나한테 그렇게 말했는걸. 제롬, 네가 좀 막아봐! 오! 저 애가 어찌 되려고……."

알리사는 절망적으로 애원하며 내 어깨에 기댔다. 그녀의 불안을 덜어줄 수만 있다면 나는 내 목숨이라도 바쳤으리라.

트리 옆에서 갑작스러운 비명이 들리고 혼란스러운 움직임이 있었다……. 우리는 급히 달려갔다. 쥘리에트가 의식을 잃은 채 이모 품에 쓰러져 있었다. 사람들이 몰려들어 쥘리에트 쪽으로 몸을 기울이는 바람에 나는 그녀의 모습을 겨우 볼 수 있었다. 헝클어진 그녀의 머리칼이 소름 끼치도록 창백한 얼굴을 뒤로 잡아당기는 것 같았다. 몸을 심하게 떠는 것을 보니 예사롭게 넘길 실신은 결코 아닌 듯했다.

"아니야! 아니야!"

자지러질 정도로 깜짝 놀란 뷔콜랭 외삼촌을 진정시키려고 이모가 큰 소리로 말했다. 보티에 목사는 이미 검지로 하늘을 가리키며 외삼촌을 위로하고 있었다. 이모가 계속 말했다.

"아니야! 아무 일도 아닐 거야. 흥분해서 그래. 그저 신경이 날카로워진 거지. 테시에르 씨가 힘이 좋으니 나를 좀 도와주세요. 이 아이를 내 방으로 옮깁시다. 내 침대로, 침대로……."

그러고 나서 이모는 맏아들에게 몸을 숙이고 귓속말을 했다. 나는 곧 의사를 찾으러 가는 그를 볼 수 있었다.

이모와 청혼자는 몸이 반쯤 뒤로 젖혀진 쥘리에트의 어깨 아래를 팔로 안고 있었다. 알리사는 동생의 발을 들어 올려 부드럽게 껴안았다. 아벨은 그녀의 머리를 떠받쳤는데 나는 그가 몸을 굽히고 헝클어진 그녀의 머리칼을 쓸어주며 입을 맞추는 것을 봤다.

방문 앞에서 나는 멈춰 섰다. 사람들이 쥘리에트를 침대에 눕히고 있었다. 알리사는 테시에르 씨와 아벨에게 몇 마디 말했으나 내게는 전혀 들리지 않았다. 그녀는 방문까지 두 사람을 따라 나와 동생 곁에는 플랑티에 이모와 자신만 남아 있고 싶으니 동생이 쉴 수 있게 해달라고 부탁했다…….

아벨은 내 팔을 붙잡고서 나를 밖으로 데리고 나갔다. 우리
는 목적도, 용기도, 생각도 없이 어둠 속을 오랫동안 걸었다.

5장

나는 사랑 외에는 다른 어떤 삶의 이유도 찾을 수 없었다. 사랑에만 의지했으며, 내가 사랑하는 알리사한테서 오는 것 말고는 그 어느 것도 기대하지 않고 더는 기대하고 싶지도 않았다.

다음 날 나는 알리사를 보러 갈 채비를 하고 있었다. 그런데 이모가 나를 멈춰 세우곤 방금 받았다는 편지를 내게 건넸다.

……쥘리에트의 심한 흥분 상태는 의사가 처방한 약을 먹고 아침 녘이 되어서야 가라앉았어요. 제롬이 당분간 여기에 오지 않게 해주세요. 쥘리에트가 제롬의 발소리나 목소리를 알아챌 텐데, 그 아이에게는 절대적으로 안정이 필요해요…….

쥘리에트의 상태로 봐서 계속 곁을 지켜야 할지도 모르겠어요. 고모, 만약 제롬이 떠나기 전까지 제가 그를 못 보게 되면 편지를 쓰겠다고 전해주세요…….

금족령은 내게만 내려진 것이었다. 이모를 비롯해 다른 사람은 모두 자유롭게 뷔콜랭 외삼촌 집의 초인종을 울릴 수 있었다. 심지어 이모는 그날 아침에도 거기에 가볼 생각이었다. 내가 내는 소리라고? 얼마나 보잘것없는 구실인가……. 하지만 아무려면 어떠랴!

"알았어요. 저는 가지 않을게요."

알리사를 보지 못하는 것이 내게 커다란 고통을 안겨주었지만 한편으론 그녀와 만나는 것이 두렵기도 했다. 그녀가 제 동생의 상태가 그렇게 된 책임을 내게 돌릴까 봐 걱정스러웠던 것이다. 화가 난 그녀를 보는 것보다는 차라리 만나지 않는 편이 더 견디기 쉬웠다.

어쨌든 나는 아벨을 다시 만나고 싶었다. 그의 집 문 앞에 다다르자 하녀가 내게 쪽지 하나를 건넸다.

네가 걱정할까 봐 이 쪽지를 남긴다. 쥘리에트에게 그토록 가까이 있는 것, 르아브르에 머무는 것이 내게는 견딜 수 없는 일이다. 너와 헤어지고 나서 곧바로 사우샘프턴행 배를 타러 갔다. 방학이 끝날 때까지 런던의 S네 집에서 머물 생각이다. 학교에서 다시 보자.

나를 도와주던 모든 사람이 동시에 내게서 도망쳐 버렸다. 더 머물러봤자 고통밖에는 남아 있지 않았기에 나는 개학도 하기 전에 파리로 돌아왔다. 나는 하느님에게로, '모든 현실적인 위안과 은총과 완벽한 은혜가 샘솟는' 그분에게로 시선을 돌렸다. 내가 겪는 고통을 그분에게 바쳤다. 알리사 또한 그분에게로 피신했으리라는 생각이 들었고, 그녀도 기도하고 있다는 생각이 내 기도를 격려하고 고양해주었다.

알리사의 편지를 받고 그녀에게 편지를 쓰는 일 말고는 별다른 사건 없이 묵상하고 공부를 하며 오랜 시간을 보냈다. 나는 그녀가 보낸 편지를 모두 간직했다. 이제 모호해진 내 기억들은 그 편지를 보며 갈피를 잡고 있다…….

나는 이모를 통해, 처음에는 오직 이모를 통해서만 르아브르의 소식을 들을 수 있었다. 나는 쥘리에트의 상태가 처음 며칠 동안은 얼마나 큰 걱정을 끼쳤는지 이모에게 들어서 알고 있었다. 내가 떠나고 열이틀이 지난 뒤에야 알리사한테서 짧은 편지를 받았다.

제롬, 좀 더 일찍 편지를 쓰지 못해서 미안해. 가여운 쥘리에트의 상태가 좋지 않아서 좀처럼 시간을 낼 수 없었어. 네가 떠나고 나서 나는 쥘리에트 곁을 잠시도 비우지 못했어. 우리 안부를 네게 전해달라고 고모한테 부탁드렸는데 그렇게 하셨겠지. 그러니 사흘 전부터 쥘리에트의 상태가 나아지고 있다는 것은 알고 있을 거야. 나는 이미 하느님께 감사드리고 있지만 아직 기뻐하기에는 이른 것 같아.

지금까지 내가 거의 이야기하지 않았던 로베르 또한 나보다 며칠 뒤에 파리로 돌아와 제 누이들의 소식을 전해주었다. 두 자매 때문에 나는 진심에서 우러나오는 것보다 훨씬 더 그 애에게 신경을 썼다. 로베르가 입학한 농업학교에서 자유 시간이 생길 때마다 나는 그 애와 함께 있으면서 지루함을 달래주려고 애썼다.

내가 알리사나 이모에게 감히 물어보지 못한 일들을 알게 된 것도 로베르를 통해서였다. 에두아르 테시에르는 쥘리에트의 소식을 들으려고 어지간히도 그녀를 찾아왔지만 로베르가 르아브르를 떠날 때까지도 쥘리에트는 그를 만나주지 않았다고 했다. 또한 내가 떠난 이후로 쥘리에트가 제 언니 앞에서 그 무엇으로도 꺾을 수 없을 만큼 고집스럽게 입을 다물고 있다는 것도 알게 되었다.

그리고 얼마 안 있어 나의 예감대로 알리사는 쥘리에트의 약혼이 바로 깨지기를 바랐지만 오히려 쥘리에트는 빠른 시일 안에 약혼을 발표해달라고 했다는 소식을 이모를 통해 들었다. 충고도, 명령도, 애원도 아무 소용없게 만든 그 결심이 쥘리에트의 이마를 주름 지게 하고 그녀의 눈을 가렸으며 침묵 속에 그녀를 가둬버린 것이다……

잔혹한 시간이었다. 나는 알리사한테서 아주 실망스러운 편지밖에 받지 못한 데다 나 자신도 무슨 말을 써야 할지 몰랐다. 짙은 겨울 안개가 나를 감싸고 있었다. 슬프게도 공부나 사랑, 신앙에 대한 열정도 내 마음속에서 어둠과 한기를 몰아내지 못했다. 그렇게 세월이 흘렀다.

그러던 어느 봄날 아침, 갑작스럽게 그때 르아브르에 없었던 이모가 알리사의 편지를 받아 내게 건네주었다. 그래서 나는 이 이야기를 명확하게 밝혀줄 수 있는 부분을 여기에 적어본다.

……고모 말씀에 따른 저를 칭찬해주세요. 고모가 충고하신 대로 저는 테시에르 씨를 집으로 오게 했어요. 저는 오랫동안 그 사람과 이야기를 나눴답니다. 그러고는 그가 흠잡을 데 없는 사람이라는 것을 알았어요. 솔직하게 말씀드리면, 이 결혼이 제가

처음에 걱정했던 것만큼 불행하지 않으리라고 확신하게 되었어요. 쥘리에트는 그 사람을 사랑하지 않는 게 분명하지만 한 주 한 주가 지날수록 저는 그가 사랑받을 자격이 충분하다고 생각되네요. 그는 상황을 정확하게 판단하고 있으며 쥘리에트의 성격도 오해하고 있지 않아요. 그렇지만 자신의 사랑이 효력을 발휘할 거라는 대단한 믿음이 있고 그 어떤 것도 자신의 끈기를 굴복시킬 수 없다고 자신하고 있어요. 완전히 사랑에 빠져 있다고 할 수 있겠죠.

저는 제롬이 로베르에게 그토록 신경 써주는 걸 알고 정말이지 큰 감동을 받았어요. 아마도 그는 의무감 때문에 그럴 테지요. 로베르와 제롬은 성격이 전혀 다른데도 저를 기쁘게 해주려고 그러는 거겠지요. 하지만 우리가 책임져야 하는 의무가 힘겨울수록 영혼은 더욱 단련되고 고양되리라는 것을 그는 벌써 알고 있을 거예요. 얼마나 숭고한 생각인가요! 이런 큰조카를 너무 비웃지는 말아 주세요. 쥘리에트의 결혼을 좋은 일이라 여기려고 애쓰는 저를 지탱해주는 것도 바로 그런 생각이니까요.

고모, 고모의 애정 어린 배려가 제게는 얼마나 기쁘게 느껴지는지요……! 하지만 제가 불행하다곤 생각하지 말아 주세요. 오히려 그 반대라고 말씀드릴 수 있어요. 쥘리에트를 뒤흔든 고통이 제게 영향을 미쳤나 봐요. '사람을 믿는 자는 불행하다'는 성경 말씀을 불현듯 분명하게 이해하게 되었으니까요. 그동안 여러 번 반복해서 읽었지만 제대로 이해하지 못하고 있었지요. 저는 그 말씀을 성경에서 다시 찾아내기 한참 전에 제롬이 보내준 크리스마스카드에서 읽은 적이 있어요. 그때 저는 막 열네 살이 되었고 제롬은 열두 살도 채 되기 전이었어요. 그 카드에는 그때 우리 눈에 아주 예뻐 보였던 꽃다발 그림과 함께 코르네유가 주석을 달아놓은 시구가 적혀 있었어요.

이 세상 그 어떤 승리자의 매력이 지금 나를 주께로 이끄는가?
사람들 위에 버팀목을 세우는 자는 불행하도다!

솔직히 말씀드리면 저는 예레미야서의 단순한 구절이 훨씬 더 좋아요. 그 당시 제롬은 그 시구에 별로 관심을 기울이지 않고 카드를 골랐을 거예요. 하지만 제롬의 편지들로 미루어보건대 지금은 저와 성향이 꽤 비슷해진 것 같아요. 그래서 우리 둘을 동시에 가까이로 이끌어주신 하느님께 매일 감사드리고 있어요.

고모와 나눈 대화를 떠올리며 이제 예전처럼 그렇게 긴 편지는 쓰지 않고 있어요. 제롬의 공부를 방해하지 않으려고요. 어쩌면 고모한테 제롬에 대한 이야기를 그만큼 더 많이 해서 보상받으려 한다고 생각하실지도 모르겠어요. 계속 그의 이야기를 하게 될까 봐 이만 서둘러 편지를 마칠게요. 이번에는 저를 너무 나무라지 말아 주세요.

이 편지가 내게 어떤 생각을 떠오르게 해주었던가! 이모의
경솔한 간섭(알리사가 암시했으며, 내게 그녀의 침묵을 가져다준 그 대화
는 무엇이었을까?) 그리고 이모를 통해 이 편지가 내게 전해지도
록 한 알리사의 어설픈 배려를 나는 저주했다. 내가 알리사의
침묵을 견디지 못하고 있다면, 그녀가 내게 하지 않은 말들을
다른 누군가에게는 편지로 써보내고 있다는 것도 모르게 두
는 편이 백배 낫지 않은가! 우리 사이의 자질구레한 비밀을 이
모에게 그토록 쉽사리 털어놓는 것이며 꾸밈없는 어조와 평
온함, 진지함 그리고 쓸데없는 명랑함까지 모든 것이 나를 짜
증 나게 했다…….

"아니지, 이 가엾은 친구야! 너는 알리사가 직접 편지를 보
내지 않았기 때문에 짜증이 난 것뿐이야."

나와 매일을 함께하는 친구인 아벨이 말했다. 그는 내가 이
야기를 나눌 수 있는 유일한 사람이었다. 그래서 고독해지거
나 약해질 때, 공감을 얻고 싶을 때, 자신에 대한 불신을 느낄
때, 난처한 상황에 처했을 때 그의 충고를 신뢰했다. 우리 둘
의 성격이 전혀 달랐는데도, 아니 오히려 달랐기 때문에 그에
게 끊임없이 기댔던 것이다…….

아벨이 편지를 책상 위에 펼쳐놓으며 말했다.

"이 편지를 분석해보자."

내가 품고 있던 분한 마음 위로 벌써 사흘 밤이 지나갔다. 아벨은 내게 이렇게 말하기까지 했다.

"쥘리에트와 테시에르 부분은 사랑의 불길에 던져두자. 그렇지 않냐? 불길이 그만한 가치가 있다는 걸 우리는 알잖아. 아무렴! 나한테 테시에르 씨는 불길에 뛰어들어야만 하는 나방 같아 보이니까……."

아벨의 농담에 기분이 상한 내가 말했다.

"그 얘긴 그만두고 남아 있는 문제를 보자."

아벨이 말했다.

"남아 있는 문제? 남은 문제는 모두 너에 대한 거잖아. 어디 불평 한번 해보시지! 단 한 줄, 단 한 단어도 네 생각으로 가득 차 있지 않은 게 없잖아. 그 편지 전체를 너한테 보낸 거라고 해도 좋을 만큼 말이야. 플랑티에 아주머니는 그 편지를 네게 다시 건네면서 진짜 수신인에게 돌려준 것뿐이지. 알리사가 최고의 대역이라 생각하고 그 선량한 아주머니에게 편지를 보낸 건 네 탓이야. 코르네유의 시구가, 이건 다른 이야기인데 그건 라신의 시구야. 하여튼 그게 네 이모한테 무슨 의미가 있겠어! 말하자면 알리사는 너와 이야기하고 있는 거야. 그 모든 것을 너한테 말하고 있다고. 네 사촌 누이한테 앞으로 두 주 안에 이만큼 길고 자연스러우며 다정한 편지를 받지 못하면 너는 한낱 멍청이에 불과해…….”

“알리사는 도무지 그러지 않는걸!”

“알리사가 그럴지, 그러지 않을지는 오직 너한테 달린 거야! 내 충고를 원해? 지금부터…… 당분간 너희 둘 사이에 사랑이니 결혼이니 하는 말들은 더는 꺼내지 말도록 해. 동생의 일 이후로 알리사가 너를 원망하는 이유가 바로 그거라는 생각은 안 들어? 네가 얼마나 우애적인 감정을 가진 사람인지 알려주고 끊임없이 로베르 이야기만 써보내도록 해. 네가 그 천치 같은 녀석을 보살피는 인내심을 발휘하고 있으니까. 단지 계속해서 알리사의 영적인 부분을 즐겁게 해주면 되는 거야. 나머지는 자연스럽게 뒤따라올 테니까. 아! 그녀에게 편지를 쓰는 사람이 나라면……!”

“너는 알리사를 사랑할 자격이 없을 것 같은데.”

그럼에도 나는 아벨의 충고를 따랐다. 그리고 실제로 얼마 지나지 않아 알리사의 편지는 다시 활기를 띠기 시작했다. 하지만 쥘리에트의 행복이 이루어질 때까지는 아닐지라도 상황이 확실해지기 전까지는 알리사한테서 진정한 기쁨이니, 주저 없는 신뢰니 하는 것들을 기대할 수는 없었다.

그렇지만 알리사가 내게 전해주는 동생의 소식은 점점 더 나아지고 있었다. 쥘리에트의 결혼식은 7월에 치르기로 했다. 알리사는 그 날짜엔 아벨과 내가 학업에 매여 있으리라고 생각된다는 편지를 보내왔다……. 우리가 결혼식에 모습을 드러내지 않는 편이 더 낫겠다고 판단한 모양이었다. 그래서 우리는 어떤 시험을 핑계 삼아 축하 편지를 보내는 것으로 만족해야만 했다.

결혼식이 끝나고 두 주 뒤, 알리사는 내게 편지를 보냈다.

　친애하는 제롬

　어제는 네가 준 아름다운 라신의 책을 되는대로 뒤적거리다가 얼마나 어안이 벙벙해졌는지 몰라. 그 책에서 벌써 10년 가까이 간직했던, 너의 예전 크리스마스카드에 적혀 있는 넉 줄의 시구를 찾아냈거든.

　이 세상 그 어떤 승리자의 매력이 지금 나를 주께로 이끄는가?
　사람들 위에 버팀목을 세우는 자는 불행하도다!

　나는 이 시구를 코르네유의 주석에서 뽑은 걸로 알고 있었는데, 사실은 그렇게 멋지지는 않다고 생각했거든. 그런데 영적으로 충만한 찬송가 4장을 계속 읽어나가면서 너한테 베껴 써서 보내주고 싶다는 마음을 억누를 수 없을 만큼 아름다운 구절을 발견했어. 네가 책 귀퉁이에 조심성 없이 적어놓은 첫 글자들로 짐작하건대 너는 이미 그 구절을 알고 있을지도 몰라. (실제로 나는 내가 좋아하고 알리사에게도 알려주고 싶은 구절이 나올 때마다 내 책이든 알리사의 책이든 그 맞은편에 알리사 이름의 첫 글자를 써넣는 습관이 있었다.) 아무래도 좋아! 그걸 베껴 쓰는 건 내가 즐기려고 하는 일인걸. 내가 찾아냈다고 믿었던 게 사실은 네가 알려준 거라는 걸 알고 처음에는 조금 속상했어. 하지만 너도 나처럼 그 구절을 좋아한다고 생각하니 그런 불쾌한 감정은 내 기쁨 앞에 무릎을 꿇고 말았지. 그 구절을 베껴 쓰면서 너와 함께 다시 그것을 읽는 듯한 느낌이 들었어.

불멸의 지혜의 목소리
벼락같이 울리며 우리를 훈계하나니.
"인간의 자녀들아,
너희의 수고로움은 어떤 열매를 맺느냐?
천박한 영혼들아, 너희는 어떤 잘못으로
너희 혈관의 가장 순수한 피로써
그토록 자주 사들이느냐,
너희를 먹이는 하나의 빵이 아니라
전보다 너희를 더욱 허기지게 하는 하나의 허망함을?

내가 너희에게 권하는 빵은

천사들의 양식으로 쓰이며

그분의 가장 좋은 밀로

신께서 손수 만드신 것.

너희가 따르는 세상은

그토록 맛있는 그 빵을

식탁에 올리지 않나니.

나를 따르고자 하는 자에게 그것을 주노라.

가까이 오라. 너희가 살기를 바라느냐?

들으라, 먹으라 그리고 살아가라."

(······)

복되게 사로잡힌 영혼은

당신의 멍에 아래에서 평화를 찾고

결코 마르지 않는

생명의 물을 마실지니.

누구나 이 풍족한 물을 마실 수 있나니

이 물은 모든 이를 초대하노라.

그러나 우리는 미친 듯이 달려가

진창투성이의 샘이나

끊임없이 물이 새어버리는

헛된 물웅덩이를 찾나니.

정말 아름다워! 제롬, 아름답지! 너도 나처럼 이 구절이 아름답다고 생각하는 거야? 내가 갖고 있는 판본의 짧은 주석에 따르면 맹트농 부인은 오말 양이 부르는 이 찬송가를 듣고 감탄해 마지않으면서 '눈물을 보이고' 그 곡의 한 부분을 되풀이해서 부르게 했다더라. 이제 나는 그 부분을 외웠고 싫증 내지 않고 암송할 수 있어. 단지 서글픈 점은 네가 그걸 읽는 소리를 들어보지 못했다는 거야.

여행을 떠난 두 사람한테서는 계속해서 아주 좋은 소식이 오고 있어. 지독하게 더웠는데도 쥘리에트가 바욘과 비아리츠에서 얼마나 즐거워했는지 너도 이미 알고 있지. 그 뒤에 그들은 퐁타라비에 갔다가 부르고스에도 머물렀으며 두 번이나 피레네 산맥을 넘었다지 뭐야……. 쥘리에트는 지금 몬세라트에서 흥분에 가득 찬 편지 한 통을 보내왔어. 두 사람은 님으로 돌아오기 전에 바르셀로나에서 열흘 더 머물 거래. 에두아르는 포도 수확을 준비해야 해서 9월이 되기 전에 돌아오기를 원하나 봐.

아버지와 나는 일주일 전에 퐁괴즈마르로 왔어. 미스 애슈버턴이 내일 우리를 만나러 오실 거고 로베르도 나흘 안에 이리로 올 거야. 이 가엾은 아이가 시험에 떨어졌다는 걸 너도 알고 있겠지. 시험은 조금도 어렵지 않았는데 시험관이 그 애한테 엉뚱한 질문을 해대서 당황했던 모양이야. 네 편지를 통해 그 애가 열심히 공부한다는 소식을 들었기에 로베르가 시험 준비를 안 했다곤 생각지 않아. 아무래도 그 시험관은 그렇게 학생들을 당황스럽게 하는 걸 즐기는 모양이야.

네가 좋은 성과를 낸 것은 내겐 당연해 보이니 굳이 축하한다고 말할 필요도 없겠지. 제롬, 나는 이토록 너를 믿고 있어! 널 생각하면 내 마음은 희망으로 가득 차올라. 지금부터 네가 나한테 말했던 그 과제를 시작해줄 수 있겠니……?

……이곳 정원은 아무것도 변한 게 없어. 그렇지만 집은 온통 텅 비어버린 듯해! 내가 왜 올해는 오지 말라고 부탁했는지 너도 이해했을 거야. 그 편이 더 나을 것 같아서야. 나는 매일같이 그것을 되풀이해서 생각한단다. 너를 보지 못한 채 이렇게 오랫동안 떨어져 있는 게 내겐 고통스러운 일이니까……. 이따금 나도 모르게 너를 찾는단다. 책 읽던 것을 멈추고 문득 고개를 돌리면…… 네가 거기에 있는 것만 같아서!

……나는 다시 편지를 쓰고 있어. 날이 저물었어. 모두 잠들었고 나는 열린 창문 앞에서 편지를 써. 정원은 온통 향기로 가득 차 있고 공기는 부드러워. 기억나니? 우리가 어렸을 때 정말 아름다운 것을 보거나 들으면 '하느님, 감사합니다. 그것을 창조해주셔서'라고 이야기하던 것 말이야. 오늘 나는 온 마음을 다해 이렇게 생

각하고 있어. '하느님, 감사합니다. 이토록 아름다운 밤을 만들어 주셔서!' 그리고 문득 네가 여기에 있기를 간절하게 바라고 네가 내 곁에 있는 것처럼 느낀단다. 그것은 너무도 간절한 바람이니까 너도 틀림없이 느꼈을 거야.

그래, 너는 편지에서 이런 말을 잘 썼지. 훌륭하게 태어난 영혼들에게는 감탄과 감사하는 마음이 공존한다고……. 아직도 네게 하고 싶은 말이 얼마나 많은지! 나는 쥘리에트가 말해준 화려하고 아름다운 나라를 상상해보곤 해. 좀 더 크고 찬란하며 황량한 다른 나라들도 상상해보지. 어떻게 될지는 모르겠지만 언젠가 우리 둘이 함께 신비스럽고 위대한 나라를 보게 될 거라는 이상한 믿음이 나를 사로잡고 있단다…….

얼마나 큰 기쁨에 사로잡혀서, 얼마나 많은 사랑의 눈물을 흘리면서 내가 이 편지를 읽었을지 쉽게 상상할 수 있으리라. 다른 편지들도 계속해서 도착했다. 분명 알리사는 내가 퐁괴즈마르에 가지 않은 것을 고마워했으며 올해는 자신을 만나러 오지 말아 달라고 부탁했다. 하지만 그녀는 나를 못 보는 것을 아쉬워하고 내가 거기에 있기를 바라고 있는 것이다. 편지 한 장 한 장마다 똑같은 부름이 울려 퍼지고 있었다. 나는 그 부름에 저항하는 힘을 어디에서 찾아냈던가? 어쩌면 아벨의 충고에서, 내 기쁨을 한순간에 망쳐버릴 수도 있다는 두려

움에서 그리고 내 마음의 충동에 지지 않으려는 강경한 태도
에서 찾은 것이리라.

뒤이어 그녀가 보내온 편지들 가운데 이 이야기를 잘 설명
해줄 수 있는 것들을 옮겨 적어본다.

친애하는 제롬

네 편지를 읽으면서 나는 기쁨으로 녹아드는 것 같아. 오르비에
토에서 네가 보낸 편지에 답장을 쓰려고 하는데 페루자와 아시시
에서 보낸 편지가 동시에 도착했어. 내 상상 속에서 나도 여행자
가 되어 있어. 내 육신만 이곳에 있는 척할 뿐이지. 정말로 나도 너
와 함께 움브리아의 하얀 길 위에 있는 거야. 아침이면 너와 길을
떠나 완전히 새로운 눈으로 희미하게 밝아오는 빛을 바라본단다
……. 코르토나의 테라스에서 네가 정말로 나를 불렀던 거니? 네
목소리를 들었거든……. 아시시 위쪽의 산에서는 목이 무척 말랐
지! 프란체스코 수도회 수도사가 건네준 물 한 잔이 얼마나 감사하
던지! 오, 제롬! 나는 너를 통해 모든 것을 바라본단다. 성 프란체
스코에 대해 네가 써보낸 편지가 얼마나 좋았는지 몰라! 그래, 반
드시 찾아야 하는 것은 마음의 자유로움이 아니라 '찬미'야, 그렇지
않니? 마음의 자유로움은 가증스러운 오만함 없이는 이루어지지
않으니까. 그에 대한 열망은 거역이 아니라 섬기는 데 놓여야만 할
거야…….

님에서 보내오는 소식도 정말 좋은 것뿐이어서 하느님이 나를 기쁨에 젖어들도록 허락하시는 것 같아. 올 여름의 유일한 걱정거리는 가여운 아버지의 상태뿐이지. 내가 보살펴드리는데도 아버지는 여전히 우울해하시고, 혼자 계시도록 두면 더더욱 우울해져서는 거기서 벗어나기가 점점 더 어려워지고 있어. 자연의 온갖 기쁨이 우리 주변에서 속삭이는 말도 아버지에겐 점점 더 낯선 언어가 되어가고 있어. 아버지는 이제 그것을 들으려고 노력조차 하지 않으신단다. 미스 애슈버턴은 잘 지내고 계셔. 나는 두 분에게 네 편지를 읽어드리고 있어. 편지 하나하나가 우리에게 사흘 동안 이야기할 거리를 던져주거든. 그러면 또 새로운 편지가 도착하고.

……로베르는 그저께 여기를 떠났어. 아버지가 모범 농장을 경영하신다는 친구 R의 집에서 남은 방학을 보낼 거야. 이곳에서 지내는 생활이 그 애한테는 그다지 즐겁지 않은 게 분명해. 로베르가 떠나겠다고 했을 때 나는 그 애를 격려해줄 수밖에 없었단다…….

네게 할 말이 정말 많아. 해도 해도 갈증을 느낄 정도로 한없이 이야기를 하고 싶어! 더 이상의 말도, 분명한 생각도 떠오르지가 않네. 때론 끝없는 보물을 주고받아야만 한다는, 숨 막힐 듯한 느낌을 지닐 때가 있어. 오늘 밤도 꿈을 꾸듯이 이 편지를 쓰고 있어.

어떻게 그토록 여러 달 동안 서로 말하지 않고 지낼 수 있었을까? 우리는 겨울잠에 빠져 있었던 것 같아. 오, 그 끔찍한 침묵의 겨울이 영원히 끝나버렸기를! 너와 다시 말하고 나서는 삶도, 생각도, 우리 영혼도 모두 한없이 아름답고 사랑스러우며 풍요로워 보인단다.

9월 12일

피사에서 보낸 편지 잘 받았어. 이곳도 날씨가 기막히게 좋아. 이제껏 노르망디가 이토록 아름답게 보인 적은 없었어. 그저께는 혼자서 들판을 가로질러서는 마음 가는 대로 아주 오래도록 산책했어. 나는 태양과 기쁨에 온통 빠져들어서 싫증이 나기는커녕 흥분한 상태로 집에 돌아왔지. 이글거리는 태양 아래 짚단 더미들마저 어쩌나 아름답던지! 발길이 닿는 모든 것에 감탄하느라 굳이 내가 이탈리아에 와 있다고 상상하지 않아도 됐어.

그래, 제롬. 자연의 '어렴풋한 찬가'에서 내가 듣고 이해한 것은 네가 말했듯이 기뻐하라는 격려야. 나는 그런 격려를 새들의 노랫소리에서 듣고 꽃향기에서 맡는단다. 그리고 기도의 유일한 형식은 찬미뿐이라는 걸 이해하기에 이르렀어. 성 프란체스코와 함께 "오 하느님! 오 하느님! 그것 이외에는" 하고 되풀이하면서 내 마음은 뭐라 형용할 수 없는 사랑으로 가득 차오르지. 그렇지만 내가 무식한 여자가 되어간다고 걱정하지는 마! 며칠 동안 비가 오는 바람에 요즘 책을 많이 읽었거든. 나의 찬미를 책 속으로 접어 넣었다고 할 수 있겠지…… 말브랑슈를 다 읽고 나서 곧바로 라이프니츠의 《클라크와의 왕복 서간》을 읽기 시작했어. 그러고선 쉴 겸해

서 셸리의 《첸치 일가》를 읽었는데 별로 재미가 없더라. 《미모사》
도 읽었지. 너는 화낼 수도 있겠지만 우리가 지난여름에 함께 읽은
키츠의 오드(근대 서양에서 특정한 사람이나 사물에 부치어 지은 서정시
—옮긴이) 네 편을 위해서라면 나는 셸리와 바이런의 작품을 거의
다 내어주겠어. 또한 보들레르의 소네트 몇 편을 위해서라면 빅토
르 위고의 모든 작품을 내어줄 거고. '위대한' 시인이라는 말은 아
무 의미도 없어. 중요한 것은 '순수한' 시인이 되는 거지……. 오,
제롬! 내가 이 모든 것을 알고, 이해하고 그리고 사랑할 수 있게 해
주어서 고마워.

　……아니야, 며칠 동안 만나는 기쁨을 위해 네 여행을 줄이지
마. 진지하게 말하는데 우리는 아직 만나지 않는 편이 좋겠어. 나
를 믿어줘. 네가 내 곁에 있다 해도 너를 이 이상으로 생각할 수
는 없을 거야. 너를 고통스럽게 하고 싶진 않지만, 지금은 네가 곁
에 있어주기를 더는 바라지 않게 되었어. 네게 솔직하게 말해야 할
까? 만약 네가 오늘 저녁에 온다는 걸 알게 된다면…… 나는 도망
칠지도 몰라.

　오! 제발 이 감정을…… 네게 설명해달라고 하지 말아 줘. 나는
끊임없이 너를 생각하고(이것으로 너는 충분히 행복할 거야) 이대로
행복하다는 것밖에는 모르니까.

이 마지막 편지를 받은 지 얼마 지나지 않아 나는 이탈리아

에서 돌아오자마자 바로 군대에 징집되어 낭시로 배치받았다. 그곳에는 아는 사람이라곤 없었지만 나는 오히려 혼자 있게 된 것이 기뻤다. 그렇게 해서 알리사의 편지가 내 유일한 피난처이며 롱사르가 말했던 것처럼 그녀와의 추억이 '나의 유일한 생명력'이라는 사실이 연인으로서의 내 자부심에도 그렇고 알리사 자신에게도 더욱 뚜렷하게 드러났기 때문이다.

실제로 나는 꽤 견디기 힘든 규율을 아주 대범하게 버텨냈다. 나는 모든 것에 완강하게 저항하고 알리사에게 썼던 편지들에서도 헤어져 있는 것만을 안타까워했다. 심지어 우리는 이 긴 이별에서 우리의 꿋꿋함에 대한 증거를 찾아내기까지 했다. 알리사는 내게 "결코 불평하지 않는 너, 약해진 모습을 상상할 수 없는 너……"라고 편지를 보냈다. 그녀가 한 말을 증명하기 위해서라면 내가 무엇인들 견디지 못했으랴?

우리가 마지막으로 만나고 나서 거의 일 년이란 시간이 흘러갔다. 알리사는 그것을 생각하지 않는 듯 보였고 그제야 그녀의 기다림을 시작하려는 것 같았다. 나는 그것을 못마땅하게 여겨 그녀에게 따졌다. 그러자 알리사가 답장을 보냈다.

이탈리아에서도 나는 너와 함께 있지 않았니? 넌 은혜를 모르는 사람이구나! 나는 단 하루도 너를 떠난 적이 없어. 그러니 지금부터 얼마 동안은 더 이상 너를 따라갈 수 없는 걸 이해해줘. 내가 이별이라고 부르는 건 단지 이런 것일 뿐이야. 나는 군인이 된 네 모습을 상상해보려고 무척 애쓴단다⋯⋯. 그렇지만 잘 되지 않아. 저녁에 강베타 거리의 작은 방에서 글을 쓰거나 책을 읽는 네 모습을 떠올리는 게 고작이지⋯⋯. 그것마저도 아닌가? 사실 내 머릿속에 떠오르는 것은 일 년 뒤에 퐁괴즈마르나 르아브르에서 다시보게 될 네 모습뿐이야.

일 년이야! 이미 지나간 날들은 헤아리지 않을래. 내 희망은 느리게, 아주 느리게 가까워지는 그 지점을 응시하고 있어. 너도 생각나지. 국화를 심어놓은 정원 깊숙한 곳의 낮은 담장, 위험한 줄도 모르고 우리가 그 위를 걸어 다니던 담장 말이야. 쥘리에트와 너는 천국으로 가는 회교도들처럼 대담하게 그 위를 걸어 다녔지. 나는 몇 발자국만 떼어도 현기증을 일으켜서 네가 밑에서 소리쳤잖아.

"발밑을 내려다보지 말라니까⋯⋯! 앞을 봐! 계속 앞으로 나가! 목표를 정하고!"

결국 너는 담장 끝으로 기어 올라와 나를 기다렸어. 그러면 나는 더 이상 불안에 떨지 않았어. 더는 현기증을 느끼지도 않았고. 네가 있었으니까. 너만을 바라봤으니까. 나는 활짝 벌린 네 팔 안으로 뛰어들었지⋯⋯.

제롬, 너에 대한 믿음이 없다면 나는 어떻게 될까? 내게 필요한 것은 네가 강하다고 느끼는 거야. 그래서 네게 의지할 수 있기를. 약해지지 마.

마치 도전이라도 하는 마음에서, 또 우리의 불완전한 재회를 두려워하는 마음에서 우리의 기다림을 이유 없이 늦추기로 한 알리사와 나는 내가 새해 즈음에 받은 며칠간의 휴가를 파리의 미스 애슈버턴 곁에서 지낸다는 데 합의했다…….

앞에서도 이야기했듯이 나는 편지들을 모두 옮겨 적지는 않았다. 여기에 2월 중순쯤에 받은 편지가 있다.

그저께 파리 거리를 지나다가 네가 알려주긴 했지만 실제로는 믿을 수 없었던 아벨의 책이 M의 진열장에 보란 듯이 진열되어 있는 걸 보고 크게 놀랐어. 나는 참을 수가 없어서 서점으로 들어갔는데 책 제목이 너무나 우스꽝스러워 점원에게 말하기가 망설여지더라. 그래서 아무 책이나 집어서 나오려 했어. 그런데 다행히도 계산대 옆에 《당신의 무릎 가까이》가 독자들을 기다리며 무더기로 쌓여 있었지. 나는 재빨리 한 권을 집어 들곤 아무 말도 할 필요 없이 1백 수(sous, 프랑스의 옛 화폐 단위—옮긴이)를 던지고 나왔어.

아벨이 내게 그 책을 보내주지 않은 게 고마워! 나는 수치심을 느끼지 않곤 책장을 넘길 수가 없었거든. 그 책 자체의 탓이라기보다는, 아무튼 나는 그 책에서 외설스러움보다는 어리석음을 더 많이 봤지만, 아벨 보티에가, 네 친구 아벨이 그 책을 썼다는 게 더 부끄러웠어. 〈르 탕〉의 평론가가 그 책에서 발견했다던 '위대한 재능'을 페이지마다 찾아보려 했지만 헛일이었어. 종종 아벨에 대해 이야기하곤 하는 르아브르의 조그만 사교계에서는 그 책이 대단한 성공을 거두고 있단다. 그 치유될 수 없는 경박함이 '경쾌함'이니 '우아함'으로 불리고 있지. 나는 당연히 조심스럽게 신중함을 지키고 있고, 그 책을 읽은 소감도 너한테만 이야기할 뿐이야. 가련한 보티에 목사님은 처음엔 그저 유감스러워만 하다가 결국에는 그 책에 어떤 자랑스러운 점이 있는 게 아닌가 의심하기에 이르셨어. 주변 사람들 모두가 목사님이 그렇게 믿게끔 애쓰고 있지. 어제는 플랑티에 고모 댁에서 V 부인이…… 정말로 갑작스럽게 이렇게 말하는 거야.

"목사님, 아드님이 큰 성공을 거둬서 기쁘시겠어요!"

목사님은 조금 당황해서 이렇게 대답하셨지.

"저런, 아직 그 정도는 아닙니다……."

그러자 고모가 이렇게 말씀하셨어.

"그렇지만 그렇게 되겠죠! 분명히 그렇게 될 거예요!"

분명 나쁜 뜻은 없었지만 그 말투가 지나치게 격려하는 것처럼 들려서 모두가 웃기 시작했지. 목사님까지 말이야.

그러니 아벨이 불르바르의 어느 극장에서 상연을 준비하고 있고, 벌써 신문에서도 떠들어대는 〈신(新)아벨라르〉가 무대에 오르면 어떻게 될까? 불쌍한 아벨! 그가 간절히 원하는 성공이라는 것, 그가 만족하는 성공이라는 게 정말로 그런 것일까!

어제 나는 〈내면의 위안〉(토마스 아 켐피스가 지은 《그리스도를 본받아》 중 3부의 제목—옮긴이)에서 이런 구절을 읽었어.

"진실하고 영원한 영광을 진정으로 원하는 자는 순간의 영광에 개의치 않으니, 일시적인 영광을 진심으로 대수롭게 여기지 않는 자는 천상의 영광을 사랑하지 않음을 드러내는 자다."

그러고 나서 나는 생각했지.

'하느님, 그것에 비하면 다른 것은 아무것도 아닌 그 천상의 영광을 위해 제롬을 뽑아주셨음에 감사드리나이다.'

단조로운 일과 속에서 몇 주 그리고 몇 달이 흘러갔다. 하지만 나는 추억이나 희망에만 내 생각을 연관시키고 있었기에 시간이 느리게 흐른다거나 길다는 것은 별로 느끼지 못했다.

외삼촌과 알리사는 그즈음 출산을 기다리는 쥘리에트를 만나러 6월에 님으로 간다고 했다. 그런데 조금 좋지 않은 소식이 와서 출발을 서둘러야 했다.

알리사는 내게 이런 편지를 보냈다.

르아브르로 부친 네 마지막 편지는 우리가 떠난 직후에 도착했어. 그런데 그 편지가 일주일 뒤에야 내 손에 들어왔다는 걸 어떻게 이해해야 할까? 일주일 내내 나는 불안하고 위축되고 의심쩍고 약해진 마음으로 지냈단다. 오, 제롬! 나는 오로지 너와 함께할 때만 비로소 나일 수 있고 나 자신을 넘어설 수 있어…….

쥘리에트의 건강은 다시 좋아졌어. 우리는 이제나저제나 그 애의 해산을 기다리고 있는데 크게 걱정할 건 없단다. 오늘 아침에 너한테 편지를 쓴다는 걸 쥘리에트도 알고 있어. 우리가 에그비브에 도착한 다음 날, 그 애가 이렇게 묻더라고.

"제롬 오빠는…… 어떻게 지내? 여전히 언니한테 편지해……?"

나는 쥘리에트에게 거짓말을 할 순 없었어. 쥘리에트는 잠깐 머뭇거리더니 아주 온화하게 웃으며 말했지.

"오빠한테 편지할 때 이렇게 써줘……. 내가 다 나았다고."

항상 유쾌한 쥘리에트의 편지를 읽으면서 그 애가 나한테 행복한 척 연극을 하는 건 아닌지, 그리고 그 애 자신도 그 연극에 속고 있는 게 아닌지 조금 걱정했거든……. 지금 쥘리에트의 행복을 이루고 있는 건 그 애가 꿈꾸던 것, 그 애의 행복을 좌우하는 듯했던 것과는 너무나도 달라……! 아, 사람들이 '행복'이라고 부르는 것이 영혼에 얼마나 친숙한 건지, 또 행복을 이루는 것처럼 보이는 외부 요소들이 얼마나 하찮은 건지! '황무지'에서 홀로 산책하며 내가 했던 많은 생각은 아껴둘게. 그곳에서 가장 놀랐던 사실은 내가 이젠 즐거움을 느끼지 않는다는 거였어. 쥘리에트의 행복이 나를 몹시 기쁘게 해주었는데도…… 왜 내 마음은 저항할 수도, 헤아릴 수도 없는 우울감에 굴복당하는 걸까? 내가 느끼는, 어쨌든 내가 인정하는 이 고장의 아름다움마저도 설명할 수 없는 슬픔을 더해줄 뿐이야……. 네가 이탈리아에서 편지를 보낼 때 나는 너를 통해서 모든 것을 볼 수 있다고 생각했어. 그런데 지금은 너 없이 바라보는 이 모든 걸 내가 너한테서 빼앗은 것처럼 느껴져. 나는 퐁괴즈마르와 르아브르에서 비 오는 날들을 견뎌내려고 저항의 미덕을 길러두었지. 하지만 여기선 그런 것이 더는 소용없고 쓸데없다고 느껴져서 불안해. 이곳 사람들과 이 고장의 명랑함을 대하면 기분이 나빠져. 내가 '쓸쓸하다'고 부르는 것은 여기 사람들에게는 단지 그렇게 소란스럽지 않다는 뜻일지도 몰라……. 아마도 예전에는 내 기쁨에 어떤 오만함이 깃들어 있었나 봐. 지금 나는 이 낯선 명랑함 속에서 모욕감 같은 걸 느끼고 있으니 말이야.

　이곳에 온 이후론 기도도 드리지 못하고 있어. 하느님이 늘 머물던 자리에 더는 계시지 않을 듯한 어린아이 같은 감정이 들거든. 이제 편지를 그만 써야겠다. 이런 무례한 말이나 내 나약함과 슬픔 그리고 그것을 털어놓는다는 게 부끄러워. 우체부가 오늘 저녁 가져가지 않는다면 내일이면 찢어버릴 그 모든 것을 네게 편지로 쓰는 것도…….

　그다음 편지에서는 대모가 되어주기로 한 조카딸의 탄생과 쥘리에트와 외삼촌이 얼마나 기뻐했는지가 담겨 있었다. 하지만 알리사 자신의 감정은 더 이상 적지 않았다.

그 뒤에는 다시 퐁괴즈마르에서 부친 편지들이었다. 7월이었고 쥘리에트도 그곳에 머물고 있었다.

에두아르와 쥘리에트는 오늘 아침에 떠났어. 무엇보다 서운한 것은 내 귀여운 대녀가 떠났다는 거야. 여섯 달 뒤에 조카를 다시 보게 되면 그 애의 몸짓은 알아볼 수 없을 정도로 달라져 있겠지. 나는 지금까지 그 애가 만들어낸 몸짓을 거의 하나도 빠짐없이 지켜봤어. '형성'이란 언제나 정말 신비스럽고 놀라운 것이야! 우리가 더 자주 놀라지 않는 건 주의력이 부족한 탓이지. 나는 희망으로 가득 찬 작은 요람에 몸을 기대고 얼마나 많은 시간을 보냈는지 몰라. 도대체 어떤 이기주의와 자기도취가 작용했기에, 아니면 얼마나 최선을 다하지 않았기에 성장이 그토록 빨리 멈춰버리고 모든 피조물은 하느님과 그토록 멀어져버리는 걸까? 오, 그럼에도 우리가 하느님에게 좀 더 가까이 갈 수 있고 더욱 가까이 가고자 한다면 그것은 얼마나 멋진 경쟁심일까!

쥘리에트는 정말 행복해 보여. 나는 그 애가 피아노와 독서를 단념해버리는 걸 보고 처음에는 슬퍼했어. 그렇지만 에두아르는 음악도 좋아하지 않고 책에도 별로 흥미가 없는 것 같아. 남편이 따라올 수 없는 기쁨을 찾으려 하지 않는 쥘리에트가 현명한 걸지도 몰라. 그 애는 남편이 하는 일에 관심을 보이고, 그 사람도 그 애한테 자기 사업을 모두 알려주고 있어. 올해는 사업 규모를 더 키웠지. 에두아르는 르아브르에서 중요한 고객이 생긴 것도 다 결혼 덕분이라고 즐거워하더라. 로베르도 그가 출장 갈 때 따라갔어. 에두아르는 로베르에게 세심하게 신경을 쓰고 그 애의 성격을 이해한다며 큰소리치고 있어. 그리고 로베르가 그런 일에 진지하게 흥미를 보인다면서 희망을 버리지 않더라.

아버지는 훨씬 나아지셨어. 딸이 행복해하는 모습을 보곤 기운을 되찾으셨지. 다시 농장과 정원에 관심을 기울이고 계셔. 또 미스 애슈버턴과 함께 시작했다가 테시에르 가족이 머무는 동안 중단한 책 낭독도 계속하자고 하셨어. 내가 두 분께 읽어드리는 건 휘브너 남작의 여행기인데 나 또한 아주 즐겁게 읽고 있단다. 이제부터는 나도 책 읽는 시간을 좀 더 늘리려고 해. 그래서 말인데 나는 네가 책을 몇 권 골라주면 좋겠어. 오늘 아침에 여러 권을 골라 하나하나 들춰봤지만 어떤 책도 마음에 들지 않았거든……!

그 무렵부터 알리사의 편지는 더욱 혼란스러워지고 절박해졌다. 여름이 끝나갈 때쯤 그녀는 내게 편지를 보냈다.

네가 걱정할까 봐 두려우면서도 내가 너를 얼마나 기다리고 있는지 말하지 않을 수 없구나. 너를 만날 날까지 지내는 하루하루가 나를 짓누르고 있어. 아직도 두 달이나 남았지! 그 기간이 너와 떨어져 지냈던 그 모든 시간보다 더 길게 느껴져! 기다림을 잊으려고 온갖 시도를 다해보지만 모두 터무니없고 일시적인 것일 뿐 아무것도 할 수가 없어. 책은 미덕도 매력도 없고, 대자연은 위엄이 없으며, 정원도 빛이 바래고 향기가 없어진 듯해. 나는 네가 부러워. 비록 스스로 선택한 건 아니지만 너의 고역, 그 의무적인 훈련은 너를 끊임없이 너 자신한테서 끌어내고, 너를 지치게 하고, 네 하루하루를 정신없게 만들고, 저녁이 되면 피곤에 지친 너를 잠 속으로 빠져들게 하니까. 군사훈련에 대해 네가 써보낸 감동적인 묘사가 머릿속에서 떠나지 않아. 잠을 이루지 못했던 요 며칠 밤, 나는 기상나팔 소리에 깜짝 놀라 여러 번 잠에서 깼지. 정말로 나는 그 소리를 들었어. 네가 말한 일종의 가벼운 도취, 아침의 환희, 반쯤은 정신 나간 상태가 정말 생생하게 느껴져……. 얼어붙은 새벽의 찬란함 속에서 말제빌 고원은 얼마나 아름다울지……!

얼마 전부터 몸이 조금 좋지 않아. 심각한 건 아니야. 아마도 너를 간절하게 기다리고 있어서 그런 것 같아.

그리고 여섯 주 뒤다.

제롬, 이게 내 마지막 편지야. 네가 제대하는 날짜가 아직 확정되지 않았다고 해도 많이 늦어지진 않겠지. 이제 더는 너한테 편지할 수 없을 거야. 퐁괴즈마르에서 너를 다시 만나고 싶어. 하지만 날씨도 나쁘고 몹시 추워져서 아버지는 시내로 돌아가자는 말씀만 하시네. 쥘리에트와 로베르가 지금 우리와 함께 있지 않아서 네가 우리 집에 편하게 머무를 수도 있겠지만 플랑티에 고모 댁에서 지내는 편이 더 나을 거야. 고모도 널 맞는 걸 기뻐하실 테고.

우리가 다시 만날 날이 다가올수록 내 기다림은 더욱 걱정스러워져. 두려움이라고 할 수도 있겠지. 네가 돌아오기를 그토록 바랐는데 이제 나는 그것을 두려워하는 것 같아. 더는 그렇게 생각하지 않으려 애쓰고 있어. 하지만 네가 울리는 초인종 소리, 계단을 오르는 네 발소리를 떠올리면 내 심장은 움직임을 멈추고 나를 고통스럽게 해…… 무엇보다도 내가 너한테 말을 걸 수 있으리라 기대하지 말아 줘…… 내 과거는 거기서 끝나는 것처럼 느껴지니까. 그 너머에서 아무것도 보지 못하고 삶이 멈춰버리는 거지…….

나흘 뒤, 그러니까 제대 일주일 전에 나는 다시 아주 짧은 편지를 받았다.

제롬, 나는 네가 르아브르에서 머무는 기간과 우리가 다시 만나는 시간을 지나치게 늘리지 않으려고 한다는 데 완전히 동의해. 이미 서로 이렇게 편지를 주고받아 온 마당에 무슨 할 말이 더 있겠어? 그러니 학교에 등록해야 해서 28일에 파리로 가야 한다면 주저하지 말고 가도록 해. 그리고 우리한테 시간이 이틀밖에 주어지지 않았다는 것도 서운해하지 마. 우리한테는 앞으로의 일생이 남아 있잖아?

6장

우리의 첫 만남은 플랑티에 이모 집에서 이루어졌다. 나는
군 복무 탓에 나 자신이 갑자기 둔하고 무거워진 듯한 느낌이
들었다……. 곧이어 알리사도 내가 변했다고 느낀다는 생각
이 들었다. 하지만 우리 사이에 그런 헛된 첫인상이 뭐 그리
중요하겠는가? 나는 알리사를 알아보지 못할까 봐 두려워 처
음에는 제대로 쳐다보지도 못했다……. 그뿐 아니었다. 우리
를 더욱 난처하게 한 것은 사람들이 우리에게 억지로 떠맡긴
약혼자라는 어처구니없는 역할이었으며, 우리 둘만 남겨두고
황급히 자리를 뜨려는 그들의 지나친 배려였다.

알리사는 수선을 피우며 자리를 피하려는 이모를 보다 못
해 결국 이렇게 외쳤다.

"고모, 고모가 계셔도 저희는 전혀 불편하지 않아요. 단둘이 나눌 만한 비밀 이야기도 없고요."

"아니지! 아니야, 애들아! 나는 너희를 이해한다. 만나지 못했던 시간이 길었으니 시시콜콜하게 이야기할 거리가 얼마나 많겠니……."

"제발요, 고모. 이렇게 가버리는 건 저희 마음을 상하게 하시는 거예요."

알리사가 거의 비명을 지르듯 말했기에 나는 그녀의 목소리가 맞는지 헷갈릴 정도였다.

"이모, 이모가 가버리시면 저희 둘은 정말 단 한 마디도 하지 않을 거예요!"

나는 웃으면서 말했지만 정말로 둘만 남게 될까 봐 두렵기도 했다. 그래서 우리 셋은 마음속에 저마다 불안을 숨기고 겉으로는 활기가 넘치는 듯 진부하고도 유쾌한 대화를 이어갔다. 외삼촌이 나를 다음 날 점심에 초대했기에 우리는 다시 만날 예정이었다. 그래서 다행스럽게도 그 연극을 끝내고 첫날 저녁에 아무렇지 않게 헤어질 수 있었다.

내가 식사 시간보다 훨씬 빨리 도착했을 때 알리사는 여자 친구 하나와 이야기를 나누고 있었다. 그녀는 친구를 억지로 돌려보내지 못했고 그 친구도 눈치 없이 계속 머물러 있었다. 마침내 그 친구가 떠나고 우리 둘만 남자 나는 알리사가 점심을 먹고 가라고 친구를 붙잡지 않은 데 짐짓 놀라는 척했다. 우리 둘 다 밤새 잠을 이루지 못해 피곤하고 신경이 날카로워 있었다. 그때 외삼촌이 들어왔다. 나는 외삼촌이 늙으셨다고 생각했고, 알리사도 그런 내 생각을 눈치챈 듯했다. 외삼촌은 귀가 어두워져서 내 말을 잘 알아듣지 못했다. 계속 목소리를 높여서 이야기해야 했기에 나는 곧 지치고 말았다.

점심을 마치자 약속했던 대로 플랑티에 이모가 마차로 우리를 데리러 왔다. 이모는 돌아가는 길에 우리를 오르셰르로 데려갔다. 그곳의 가장 운치 좋은 길을 나와 알리사 둘이서 걷게 할 작정이었던 것이다.

계절에 비해 날씨가 더웠다. 우리가 걸어온 언덕배기는 햇볕에 그대로 드러나 있어서 별다른 감흥이 없었다. 나뭇잎도 없이 헐벗은 나무들은 우리에게 햇볕을 피할 그늘을 만들어 주지 못했다. 우리는 이모가 기다리는 마차로 되돌아가야 한다는 생각에 사로잡혀 무리하게 걸음을 재촉했다. 나는 두통에 시달리는 통에 아무 생각도 할 수가 없었다. 그저 태연한 척하려고 그랬는지 아니면 행동으로 말을 대신하려고 그랬는지 걷는 내내 알리사가 내맡긴 손을 꼭 잡고 있었다. 몹시 흥분한 데다 빨리 걷느라 숨도 가쁘고 어색한 침묵까지 더해져 얼굴로 피가 쏠렸다. 내 관자놀이가 팔딱거리는 소리까지 들리는 것 같았다. 알리사의 얼굴은 보기 흉할 만큼 달아올라 있었다. 곧이어 우리는 서로 땀에 젖은 축축한 손을 잡고 있기 거북해져서 쓸쓸히 아래로 내려뜨리고 말았다.

우리가 지나치게 서두른 탓에 마차보다 훨씬 앞서 사거리에 도착했다. 이모가 우리에게 이야기할 시간을 주려고 일부러 다른 길로 돌아서 아주 천천히 마차를 몰고 왔던 것이다. 우리는 언덕 비탈길에 앉았다. 둘 다 땀에 흠뻑 젖어 있어서 갑자기 차가운 바람이 불어오자 몸이 오싹해졌다. 그래서 마차가 있는 곳으로 가려고 자리에서 일어났다……. 하지만 가장 나쁜 것은 이모의 끈질긴 배려였다. 우리가 충분히 이야기를 나눴을 거라고 짐작한 이모는 우리 약혼에 대해 캐물었다. 견디다 못한 알리사는 눈에 눈물이 가득 고인 채 머리가 몹시 아프다는 핑계로 입을 다물어버렸다. 집으로 돌아오는 내내 마차 안은 침묵만 흘렀다.

이튿날, 잠에서 깨어난 나는 온몸이 쑤시고 오한이 느껴졌다. 감기 기운이었다. 오후가 되어서야 간신히 외삼촌 집에 가보기로 마음먹을 만큼 몸 상태가 좋지 않았다. 그런데 운 나쁘게도 알리사는 혼자가 아니었다. 플랑티에 이모의 손녀들 가운데 하나인 마들렌이 같이 있었다. 나는 알리사가 종종 그 아이와 즐겁게 이야기하는 것을 알고 있었다. 그 애는 며칠간 제 할머니 집에서 지내고 있었는데 내가 들어서자 이렇게 소리쳤다.

"여기서 언덕으로 갈 거면 함께 돌아가면 되겠네요."

내가, 나도 모르게 그러겠다고 대답하는 바람에 알리사와 단둘이서 있을 수가 없었다. 하지만 이 사랑스러운 아이가 있는 것이 우리에게 도움이 되었다. 나는 전날의 견딜 수 없는 거북함을 느끼지 않았다. 우리 셋은 곧 편안하게 대화를 나눴는데 처음에 내가 염려한 것만큼 의미 없는 대화도 아니었다. 내가 작별 인사를 하자 알리사는 야릇한 미소를 지었다. 그녀는 내가 다음 날 떠난다는 사실을 그때까지도 깨닫지 못했던 듯하다. 게다가 가까운 시일 안에 다시 만나게 된다는 생각에 비극적이지 않은 작별 인사를 나눌 수 있었다.

그렇지만 저녁 식사를 마친 뒤 불안감이 몰려온 나는 다시 시내로 내려갔다. 그리고 시내를 한 시간 가까이 돌아다닌 다음에야 외삼촌 집의 초인종을 누르기로 결심했다. 나를 맞은 것은 외삼촌이었다. 몸이 아팠던 알리사는 이미 방으로 올라가 버렸고 곧 잠자리에 든 모양이었다. 나는 외삼촌과 잠깐 이야기를 나누다가 다시 나왔다……

이렇듯 모든 상황이 뜻하지 않게 흘러간 것에 몹시 화가 났지만 이제 와 원망해봤자 무슨 소용인가. 모든 것이 우리를 도왔다고 해도 우리는 또다시 거북함을 만들어냈을 것이다. 알리사 또한 거북함을 느꼈다는 것은 내게 더없이 괴로운 일이었다. 파리로 돌아오자마자 나는 편지를 받았다.

제롬, 얼마나 서글픈 만남이었는지! 너는 그 책임을 다른 사람에게로 돌리는 것 같았지만 너 자신도 그렇게 확신할 수는 없을 거야. 나는 이제 언제나 이런 식일 거라 생각하고 또 그렇게 알고 있어. 아! 제발 우리 더는 만나지 말자!

서로 이야기할 게 많았는데 왜 그렇게 어색해하고 잘못된 상황에 놓인 듯 입을 다물었던 걸까? 네가 돌아온 첫날엔 침묵마저도 행복했어. 그 침묵이 곧 사라질 거라고 생각했지. 네가 멋진 이야기를 들려줄 거라고 믿었거든. 그전에는 네가 떠나지 않으리라 여겼어.

오르셰르에서 우리의 침울한 산책이 침묵으로 끝나버렸을 때 그리고 무엇보다도 우리가 잡고 있던 손을 희망 없이 내려뜨렸을 때 내 가슴은 비참함과 고통으로 산산조각이 나는 것 같았어. 나를 가장 슬프게 한 건 네가 내 손을 놓아버렸다는 게 아니라 네가 그렇게 하지 않았으면 내가 먼저 손을 놓아버렸을 거라는 느낌이야. 나 또한 네 손을 잡고 있는 것이 좋지 않았으니까.

다음 날, 그러니까 어제 나는 오전 내내 미친 듯이 너를 기다렸어. 집에서 기다리기에는 마음이 너무 불안해서 너한테 부두로 만나러 오라는 말을 남기고 집을 나섰지. 나는 오랫동안 넘실대는 바다를 바라봤지만 너 없이 혼자 보고 있다는 게 무척 마음 아팠어. 불현듯 네가 내 방에서 기다리고 있을 거라고 상상하며 나는 집으로 돌아왔지. 오후에는 한가하지 않을 거라는 걸 알고 있었거든.

전날 마들렌이 우리 집으로 오겠다고 했는데, 나는 너를 아침에 만날 생각이었기에 그러라고 했지. 그런데 이번 만남에서 우리가 유일하게 즐겁게 보낸 시간은 그 아이와 함께 있을 때가 아니었나 싶어. 나는 그처럼 편안한 대화가 오랫동안 계속될 거라는 환상을 잠깐 품어보기도 했어……. 그런데 그 아이와 앉아 있던 소파로 네가 다가와서 내게 몸을 숙이며 '작별 인사'를 했지. 나는 대답할 수가 없었어. 모든 게 끝나버리는 것처럼 보였어. 갑자기 나는 네가 떠난다는 사실을 깨달았지.

네가 마들렌과 함께 집 밖으로 나가버린 뒤에야 이런 작별은 있을 수도, 견딜 수도 없는 일이라는 생각이 들었어. 내가 너를 쫓아 밖으로 나갔다는 걸 너는 알까! 너한테 다시 이야기하고 싶고 털어놓지 못한 것을 다 말해주고 싶었어. 벌써 나는 플랑티에 고모 댁으로 달려가고 있었지……. 그런데 너무 늦었더라. 시간도 없었고, 감히 그러지도 못했어……. 나는 절망감에 빠져 집으로 돌아왔어. 네게 편지를 쓰려고……. 너한테 다시는 쓰고 싶지 않았던 …… 작별의 편지를……. 우리가 나눴던 편지는 모두 커다란 환상에 지나지 않았다는 것을, 애석하게도 우리 둘 다 자기 자신에게 편지를 쓰고 있었다는 것을……. 제롬! 제롬! 아! 우리가 항상 멀리 떨어져 있었다는 것을 난 너무나도 분명히 느꼈으니까!

나는 그 편지를 찢어버렸어, 정말이야. 하지만 지금 그것과 거의 똑같은 편지를 다시 쓰고 있어. 오, 제롬! 내가 너를 예전보다 덜 사랑하는 건 아니야! 오히려 네가 내게 다가오자마자 혼란스럽고 불안한 가운데서도 얼마나 너를 깊이 사랑하는지를 느꼈어. 그처럼 절실히 느꼈던 적은 없을 정도로. 하지만 절망스럽게도 멀리 떨어져 있을 때 너를 더 사랑했다는 사실을 털어놔야만 해. 이미 나는 그런 의심을 품고 있었어, 슬프게도! 그토록 바랐던 이번 만남이 마침내 그 사실을 내게 일깨워준 거야. 그리고 제롬, 너도 그 사실을 인정하지 않을 수 없을 거야. 안녕, 너무나도 사랑하는 제롬. 하느님이 너를 지켜주고 인도해주시기를. 우리가 아무 거리낌 없이 다가갈 수 있는 곳은 오직 그분 곁이야.

그리고 마치 이 편지가 내게 충분한 고통을 안겨주지 못했다는 듯 알리사는 다음 날 편지에 이런 내용을 덧붙여 보냈다.

우리 둘과 관련된 일에 대해서는 네가 좀 더 신중해주길 부탁하지 않고선 이 편지를 부치고 싶지 않아. 너와 나 사이에만 간직했어야 할 이야기를 네가 쥘리에트나 아벨한테 말해서 내 기분을 상하게 했던 일이 여러 번 있었거든. 바로 그런 점 때문에 나는 네가 의심을 품기 훨씬 전부터 너의 사랑은 머리로 하는 사랑, 그러니까 애정과 충직함에서 비롯된 훌륭하고 지적인 몰두라는 생각을 하게 됐어.

내가 이 편지를 아벨에게 보여줄까 봐 걱정되어 이 마지막 몇 줄을 써넣었음이 분명했다. 대체 어떤 불신에서 나온 통찰력이 알리사를 이토록 경계하게 한 것일까? 내 이야기가 아벨의 충고에 영향을 받았다는 사실을 진즉에 알아차렸다는 말인가……?

나는 이제 아벨과 상당히 멀어져 있음을 느끼고 있었다! 우리는 서로 대립된 두 길을 걷고 있었던 것이다. 그래서 그의 충고는 내 슬픔의 고통스러운 짐을 혼자서 짊어지고 가는 데 아무런 도움도 되지 않았다.

그 후 사흘 동안 나는 오직 슬픔에 사로잡힌 채 보냈다. 나는 알리사에게 답장을 쓰고 싶었다. 하지만 지나치게 조심스러운 논쟁이나 격렬한 항변 또는 어설픈 말 한마디가 우리의 상처를 치유할 수 없을 만큼 더욱 깊어지게 할까 봐 두려웠다. 나는 사랑에 몸부림치는 편지를 골백번도 더 고쳐 썼다. 눈물로 얼룩진 편지, 마침내 부치기로 결심한 그 편지의 사본은 지금도 눈물을 흘리지 않곤 읽을 수가 없다.

알리사! 나를, 우리 둘을 가엾게 여겨주기를……! 네 편지가 나를 고통스럽게 하는구나. 네 두려움을 웃어넘길 수만 있다면 얼마나 좋을까! 그래, 네가 써보낸 모든 걸 나도 느끼고 있었지만 그것을 생각하는 게 두려웠어. 한낱 상상에 지나지 않는 것을 너는 꿈찍한 현실로 만들어버리고 그것으로 우리 둘 사이를 더 멀어지게 하다니!

만약 네가 예전보다 나를 덜 사랑한다고 느낀다면⋯⋯. 아! 네가 편지의 처음부터 끝까지 부정하고 있는 그런 잔인한 가정은 정말 말도 안 돼! 그렇다면 네 일시적인 두려움이 뭐가 그리 중요하겠어? 알리사! 반박을 하려고 들면 내 문장은 얼어붙고 말아. 나는 이제 내 가슴속의 신음밖에는 들리지 않아. 능숙한 듯 너를 대하기에는 널 너무나 사랑하고, 너를 사랑할수록 너한테 어떻게 말해야 할지 점점 더 모르겠어. '머리로 하는 사랑'이라니⋯⋯ 그 말에 내가 뭐라고 대답하기를 바라니? 나는 내 영혼을 모두 걸고 너를 사랑하는데 어떻게 이성과 마음을 구분할 수 있겠어? 그렇지만 우리가 편지를 주고받았던 일이 네 불쾌한 비난의 원인이 될 바에야, 그 편지들로 한껏 들떠 있다가 곧바로 현실로 추락한 우리에게 그토록 혹독한 상처를 입힐 바에야, 이제 네가 편지를 쓴다 해도 너 자신한테 편지를 쓸 뿐이라고 생각할 바에야, 또한 지난번 편지와 비슷한 새로운 편지를 견뎌낼 만한 힘이 내게 없을 바에야 부탁이지만 우리 사이에 당분간 편지는 주고받지 말기로 하자.

이 편지의 다음 부분에서 나는 알리사의 판결에 이의를 제기하고 상고하며 새로운 면담 신청을 받아들여 달라고 간청했다. 지난번의 만남은 모든 것이 잘못된 만남이었다. 배경이

며 단역배우며 날씨며 우리가 신중하게 준비하지 못하도록
했던 열정적인 편지 왕래며 모든 것이 그러했다. 이번에는 만
남에 앞서 오직 침묵만이 존재할 것이다. 나는 봄에 퐁괴즈마
르에서 그 만남이 이루어지기를 바랐다. 거기서는 과거의 추
억이 나를 변호해줄 수 있을 것이다. 그리고 외삼촌도 부활절
방학 동안 나를 반겨줄 테니 알리사가 좋다고 생각하는 기간
만큼 머무를 수 있으리라.

나는 확실하게 결심이 섰기에 편지를 부치자마자 학업에
열중할 수 있었다.

*

그해가 끝나기 전에 나는 알리사를 다시 만나게 되었다. 몇
달 전부터 건강이 악화된 미스 애슈버턴은 크리스마스를 나
흘 앞두고 세상을 떠났다. 군 복무를 마치고 돌아온 이후 나는
다시 미스 애슈버턴과 함께 지내고 있었다. 나는 그녀 곁을 거
의 떠나지 않고 마지막 순간을 지켰다. 알리사가 보내온 엽서
는 내가 상중에 있다는 것보다도 우리가 지키기로 한 침묵의
맹세에 더 신경을 쓰고 있음을 보여주었다. 외삼촌이 장례식
에 참석할 수 없기에 알리사가 대신 와서 미스 애슈버턴의 마
지막 길을 함께하겠다고 했다.

장례식과 운구를 따라갈 때는 알리사와 나 둘뿐이나 마찬가지였다. 나란히 걸으면서 우리는 서로 몇 마디 말만 주고받았다. 하지만 알리사가 내 곁에 앉아 있던 교회에서는 내게로 향하는 그녀의 다정한 시선을 몇 번이나 느낄 수 있었다. 알리사가 나를 떠나는 순간 말했다.

　"결정한 거야, 부활절 이전에는 아무것도."

　"그래, 하지만 부활절에는……."

　"기다릴게."

　우리는 묘지 어귀에 서 있었다. 나는 알리사에게 역까지 바래다주겠다고 했지만 그녀는 손짓으로 마차를 부르곤 작별의 말 한마디 없이 나를 두고 떠나버렸다.

7장

"알리사는 정원에서 너를 기다린단다."

4월 말에 내가 퐁괴즈마르에 도착했을 때 외삼촌은 아버지처럼 나를 안아준 다음 말했다. 처음에는 알리사가 먼저 나를 맞아주지 않아서 실망했지만 곧 그런 마음은 사라지고 다시 만나는 순간에 해야 하는 뻔한 말들을 하지 않게 해주어서 고맙다는 마음이 들었다.

알리사는 정원 깊숙한 곳에 있었다. 나는 매년 이맘때쯤이면 흐드러지게 피어 있는 라일락과 마가목, 금작화, 병꽃나무 덤불들로 빽빽하게 둘러싸인 원형 광장 쪽으로 걸어갔다. 너무 멀리서부터 알리사를 알아보지 않도록, 또한 그녀도 내가 다가가는 모습을 보지 않도록 나는 가지가 드리워져 그늘지고 공기가 서늘한 정원의 반대쪽 산책로를 따라 걸었다. 나는 천천히 앞으로 나아갔다. 하늘은 내 기쁨만큼이나 열정적이고 빛났으며 선명하고 맑았다. 그녀는 내가 다른 쪽 산책로로 오는 줄 알고 있었다. 나는 발소리를 내지 않고 조심스럽게 알리사의 등 뒤로 다가갔다. 그리고 멈춰 섰다……. 시간도 나와 함께 멈춰 줄 것만 같았다. 바로 이 순간이야말로 행복 그 자체보다 앞서오는, 행복 그 자체에도 비길 수 없는, 아마도 가장 달콤한 순간이지 않을까…….

나는 알리사 앞에 무릎을 꿇고 주저앉고 싶었다. 내가 한 발짝을 떼자 그녀가 그 소리를 듣고 말았다. 수를 놓고 있던 알리사는 손에 쥔 것을 그대로 떨어뜨린 채 자리에서 벌떡 일어나 내 쪽으로 팔을 뻗더니 두 손을 내 어깨 위에 얹었다. 그러고는 양팔을 뻗은 채 미소를 지으며 고개를 갸우뚱하곤 아무 말 없이 다정하게 나를 바라봤다. 지나치다 싶을 정도로 엄숙한 그녀의 얼굴에서 어린아이 같은 미소를 다시 보게 되었다…….

나는 갑자기 외쳤다.

"들어봐, 알리사. 나는 앞으로 열이틀 동안 자유로워. 하지만 그게 네 마음에 탐탁지 않다면 하루도 더 머물지 않겠어. 그러니 내일은 내가 퐁괴즈마르를 떠나야 한다는 신호를 하나 정해두자. 그러면 나는 그다음 날로 아무런 항의도 불평도

하지 않고 떠날 테니까. 괜찮겠어?"

미리 준비해두지 않은 말이었기에 나는 더 편하게 할 수 있었다. 알리사는 잠깐 골똘히 생각하더니 이렇게 말했다.

"식사를 하러 내려오면서 내가 좋아하는 자수정 목걸이를 걸지 않은 저녁이야……. 알았니?"

"그게 내 마지막 저녁이 되겠군."

알리사가 이어서 말했다.

"그렇지만 눈물도 한숨도 짓지 않고 떠날 수 있어야 해……."

"작별 인사도 하지 말고. 그 마지막 저녁에도 그 전날과 다름없이 너와 헤어지겠어. '얘가 이해하지 못했나?' 하고 네가 의아해할 정도로 아무렇지도 않게. 그리고 다음 날 아침에 내가 어디 있는지 찾으면 나는 더 이상 거기에 없는 거야."

"다음 날 아침에는 더 이상 너를 찾지 않을 거야."

알리사는 내게 손을 내밀었다. 그 손을 내 입술로 가져가면서 나는 다시 말했다.

"지금부터 운명의 저녁까지 내게 무언가를 예감하게 하는 암시는 하지 말아 줘."

"너도 뒤이어 올 이별을 암시하지 말아 줘."

이제는 이 만남의 엄숙함 탓에 우리 사이에 생겨날지도 모르는 어색한 분위기를 깨뜨려야만 했다. 내가 말했다.

"네 곁에서 지내는 며칠 동안이 우리에게 다른 날들과 똑같이 느껴지면 좋겠어……. 우리 둘 다 이 며칠 동안을 특별하게 여기지 말자는 거야. 그리고…… 처음에는 이야깃거리를 찾아내려고 너무 애쓰지 말자…….”

알리사가 웃기 시작했다. 나는 말을 계속했다.

“우리가 함께할 만한 일이 뭐 없을까?”

우리는 예전부터 정원 가꾸기를 즐겼다. 능숙했던 정원사가 그만두고 경험 없는 정원사가 새로 들어오는 바람에 거의 가꾸지 않은 정원은 우리에게 많은 일거리를 안겨주었다. 장미나무들은 가지치기가 제대로 되어 있지 않았다. 생장이 활발한 나무들은 죽은 나무들로 뒤덮여 있었다. 덩굴을 뻗는 나무들은 지지를 충분히 해주지 않아 땅에 쓰러져 있었다. 너무 웃자란 해로운 가지들은 다른 나무들을 시들게 하고 있었다. 우리가 접을 붙여주고 직접 가꾼 나무들은 금방 알아볼 수 있었다. 나무들을 손질하느라 바쁘게 지내다 보니 처음 사흘간은 심각한 말은 한마디도 하지 않고 이런저런 이야기를 주고받았다. 입을 다물고 있을 때도 그 침묵이 조금도 두렵지 않았다.

우리는 서로에게 다시 익숙해졌다. 나는 그 어떤 설명보다도 이렇듯 서로에게 익숙한 습관에 더 기댔다. 이별의 기억조차 이미 지워졌으며 내가 알리사한테서 종종 느끼던 두려움도, 그녀가 염려하던 내 마음의 긴장도 이미 누그러지고 있었다. 지난가을의 쓸쓸한 방문 때보다 더 앳된 모습의 알리사는 그 어느 때보다도 아름다워 보였다. 나는 아직 그녀를 안아보지 못했다. 매일 저녁, 나는 알리사가 입은 블라우스 위로 금줄에 매달린 작은 자수정 십자가 목걸이가 빛나는 것을 봤다. 신뢰가 쌓이면서 내 마음속에는 다시 희망이 싹트고 있었다. 희망이라니? 내가 무슨 말을 하고 있는가? 그것은 이미 확신이었으며 알리사도 마찬가지일 거라고 생각했다. 내가 나 자신을 의심하지 않았기에 그녀도 더는 의심할 수 없었다. 우리 사이의 대화는 조금씩 대담해졌다.

매혹적인 공기가 웃음 짓고 우리 마음이 꽃처럼 피어나던 어느 날 아침, 나는 알리사에게 말했다.

"알리사, 이제 쥘리에트도 행복해졌으니 우리도 이대로 있지 말자. 우리도……."

나는 알리사를 바라보며 천천히 말하고 있었는데, 그녀가 갑자기 이상하리만치 창백해지는 바람에 말을 끝맺지 못했다. 알리사는 나를 보지 않은 채 말하기 시작했다.

"제롬! 나는 네 곁에서 인간이 얼마나 행복해질 수 있는지 느끼고 있어…… 믿어줘. 하지만 우리는 행복을 위해 태어난 게 아니야."

내가 격렬하게 외쳤다.

"행복보다 더 영혼을 즐겁게 할 수 있는 게 뭐란 말이야?"

알리사는 나직이 말했다.

"신성함이지……."

너무도 나직이 말했기에 나는 그 말을 들었다기보다는 짐작한 것에 가까웠다. 내 모든 행복이 날개를 펴고 내게서 벗어나 저 하늘로 날아가고 있었다.

"네가 없이 나는 그곳에 다다르지 못할 거야."

나는 알리사의 무릎에 얼굴을 묻고 슬픔이 아닌 사랑에 북받쳐 어린아이처럼 울면서 말했다.

"너 없이는 안 돼, 너 없인 안 돼!"

그리고 그날도 다른 날들처럼 흘러갔다. 하지만 그날 저녁 알리사는 작은 자수정 목걸이를 걸지 않고 나타났다. 나는 약속을 충실히 지키기 위해 다음 날 새벽이 되자마자 떠났다.

퐁괴즈마르를 떠난 지 사흘째 되던 날, 나는 셰익스피어의 시 몇 구절을 인용해놓은 이상한 편지를 받았다.

그 곡을 다시 한 번 들려다오, 스러지는 듯한 그 가락을.

제비꽃 핀 강둑에서

꽃향기를 빼앗아 싣고 오는

달콤한 남풍처럼 내 귀에 들려오던 노래. 됐어, 이제는 그만.

조금 전처럼 감미롭지 않으니…….

그래! 제롬, 나도 모르게 오전 내내 너를 찾았어. 네가 떠났다는 걸 믿을 수가 없었어. 우리 약속을 지킨 네가 원망스러웠어. 장난 이겠거니 생각하기도 했지. 네가 나타날지도 모른다는 생각에 덤불 뒤편을 샅샅이 뒤지기도 했고. 하지만 아니었어! 넌 정말로 떠나버렸던 거야. 고마워.

나는 네게 말해주고 싶은 몇 가지 생각에 끊임없이 사로잡혀 있었어. 그걸 말하지 않는다면 나중에 너를 소홀히 대했고 너한테 책망을 받아 마땅하다는 기이하고도 분명한 두려움으로 하루의 나머지 시간을 보냈단다…….

네가 퐁괴즈마르에 머물렀던 처음 몇 시간 동안 나는 네 곁에서 내 모든 존재에 느껴지는 이상한 만족감에 놀랐다가 곧 불안해졌어. 너는 "그 이상 어떤 것도 바라지 않는, 그런 만족감"이라고 말했지만 슬프게도 그런 만족감마저 나를 불안하게 하더구나!

제롬, 네가 내 말뜻을 오해할까 봐 걱정돼. 무엇보다도 내 마음의 더없이 열렬한 감정 표현에 지나지 않는 것을 네가 치밀한 이성적 사유(오! 어찌나 서툰 이성적 사유인지)라고 생각할까 봐 걱정이야.

네가 "충족시켜주지 못한다면 그것은 행복이 아닐 거야"라고 말했던 것 기억하니? 그런데 나는 뭐라고 대답해야 좋을지 모르겠더라. 아니, 제롬, 그것은 우리를 충족시켜주지 못해. 분명 우리를 충족시켜주지 못할 거야. 즐거움으로 가득한 만족감, 그것을 진정한 것이라고 생각할 수가 없어. 그 만족감이 어떤 슬픔을 감추고 있는지 우리는 지난가을에 깨닫지 않았니……?

진정한! 아, 그것이 진정한 것이 되도록 하느님이 우리를 지켜주시기를! 우리는 어떤 다른 행복을 위해서 태어난 거야…….

예전에 우리가 주고받은 편지가 지난가을의 만남을 망쳤던 것처럼 어제 너와 함께했던 기억이 오늘의 내 편지를 실망스럽고 허무하게 해. 너한테 편지를 쓸 때마다 느꼈던 황홀감은 어디로 간 걸까? 편지 때문에, 우리가 함께 있었기 때문에 우리는 우리 사랑이 열망하는 기쁨의 모든 순수함을 없애버린 거야. 그래서 이제는 뜻하지 않게 〈십이야〉의 오시노처럼 "됐어, 이제는 그만! 조금 전처럼 감미롭지 않으니" 하고 외치고 있어.

안녕, 제롬. "주에 대한 사랑은 여기에서 시작되노라." 아! 내가 너를 얼마나 사랑하는지 네가 알까……? 나는 영원히 너의 사람일 거야.

알리사

나는 덕성의 함정에 저항할 수 없는 상태였다. 엄청난 영웅적 행위가 나를 홀리고 끌어당겼다. 내가 그것을 사랑과 떼어놓을 수 없었기 때문이다. 알리사의 편지는 더없이 무모한 열정으로 내 마음을 쏠리게 했다. 더 많은 덕성을 쌓으려고 노력하는 것도 오직 그녀를 위해서였음이 틀림없다. 그것이 오르막이기만 하다면 모든 산책로는 그녀와 만날 수 있는 곳으로 나를 이끌어줄 것이다. 아! 우리 둘만을 받쳐주기 위해서라면 대지가 제아무리 급작스럽게 줄어든다 한들 어떠리! 슬프도다! 나는 알리사가 만들어놓은 함정의 미묘함을 짐작하지 못했다. 그리고 절정에 이르러 그녀가 또다시 내게서 멀어지리라는 것도 상상하지 못했다.

나는 알리사에게 긴 답장을 썼다. 그 편지에서 조금 명석해 보이는 단 한 구절만이 기억난다.

"나는 종종 내 사랑이 내가 간직한 것 가운데 최상의 것이라고 느끼곤 해. 나의 모든 덕성은 사랑에 매달려 있고, 그 사랑이 나를 더 높은 곳으로 이끌어주지. 네가 없다면 나는 보잘것없고 평범하기 그지없는 수준으로 다시 떨어질 것만 같아. 아무리 오르기 어려운 비탈길이라도 내게 항상 최상으로 보이는 것은 너를 다시 만나리라는 희망이 있기 때문이야."

그리고 여기에 무슨 말을 덧붙였기에 알리사가 이런 답장을 보냈을까.

하지만 제롬, 신성함은 선택하는 게 아닌 의무(그녀의 편지에는 이 단어에 밑줄이 세 개나 그어져 있었다)지. 내가 믿었던 사람이라면 너 또한 그 의무를 피하지 못할 거야.

그게 다였다. 나는 우리가 주고받을 편지가 이것으로 끝이라는 것을 알았다. 제아무리 교활한 충고나 끈질긴 의지마저도 아무런 소용이 없다는 것을 깨달았다. 아니, 예감했다.

그렇지만 나는 애정을 담아 다시 긴 편지를 썼다. 그리고 세 번째 편지를 보낸 뒤에 이런 쪽지를 받았다.

제롬

내가 이제 네게 편지를 쓰지 않으려고 결심했다곤 생각하지 말아 줘. 다만 편지를 쓰는 데 흥미가 없어졌을 뿐이야. 그렇지만 네 편지들은 여전히 재미있어. 그러면서도 내가 이렇게 네 생각에 신경을 쓰는 게 점점 더 후회스러워져.

여름이 멀지 않았어. 당분간 편지를 주고받는 일은 그만두고 9월 말의 보름 정도를 퐁괴즈마르로 와서 내 곁에서 지내줘. 그럴 수 있니? 그렇게 하겠다면 답장은 하지 않아도 돼. 네 침묵을 승낙으로 생각할게. 그러니 답장하지 말기를 바라.

나는 답장을 하지 않았다. 그 침묵은 어쩌면 알리사가 내게 준 마지막 시련이었을 것이다. 몇 개월간의 학업을 마치고 몇 주 동안 여행한 뒤 퐁괴즈마르로 돌아왔을 때 나는 그 어느 때보다도 평온한 마음이었다.

처음에는 나 자신도 이해하기 어려웠던 일을 어떻게 간단한 글로 설명할 수 있을 것인가? 그때부터 완전히 무릎을 꿇어버린, 그 슬픈 상황을 여기에 묘사하는 것밖에 내가 무엇을 할 수 있겠는가? 지금에 와서 생각해보니 가장 부자연스러운 겉모습에 둘러싸인 채 여전히 사랑이 요동치고 있었음을 알아차리지 못했던 나 자신을 스스로 용서할 수가 없다. 하지만 나는 그때만 해도 그녀의 겉모습밖에는 볼 수 없었기에 내 연인의 예전 모습을 더는 찾아볼 수 없다며 그녀를 비난했던 것이다……. 아니, 그때도 나는 당신을 비난했던 게 아니야, 알리사! 당신 모습을 더는 알아볼 수 없게 된 데 절망해서 눈물을 흘린 거지. 침묵의 술수와 잔인한 수법에서 당신이 지닌 사랑의 힘을 가늠해볼 수 있게 된 지금, 당신이 나를 잔인하리만치 아프게 했던 만큼 나는 당신을 더 사랑해야 하지 않을까?

경멸? 무관심? 아니다. 극복해야 할 것은 아무것도 없었다. 내가 맞서 싸울 수 있는 것조차 없었다. 그래서 나는 때론 스스로 비참해질 구실을 찾아내고 있는 건 아닐까 주저하거나 의심하기도 했다. 그렇게 비참함의 원인은 여전히 뚜렷하지 않았고, 알리사는 내 비참함을 알지 못하는 체하며 교묘함을 드러냈다. 그러니 내가 무엇을 한탄할 수 있었겠는가? 알리사가 나를 맞아주는 태도는 그 어느 때보다도 상냥했다. 그녀가 이보다 더 상냥하고 친절했던 적은 결코 없었다. 그래서 첫날,

나는 그것에 속아 넘어갈 뻔했다……. 납작하게 잡아당겨 표정마저 일그러지게 할 만큼 그녀의 얼굴 윤곽을 무뚝뚝하게 만든 새로운 머리 모양이 뭐가 그리 문제였겠는가. 칙칙한 색깔의 거친 천으로 지어 입은 어울리지 않는 블라우스가 몸의 우아한 선을 망쳐버린 게 뭐가 그리 큰일이었겠는가……. 나는 그런 것쯤이야 알리사 자신이나 내가 원하면 내일부터라도 바꿀 수 있는 사소한 일이라면서 덮어놓고 좋은 쪽으로만 생각해버렸던 것이다……. 우리 사이에 익숙하지 않은, 그런 친절하고 상냥한 태도가 나를 더욱 슬프게 했다. 나는 그런 태도에서 애정보다는 결단을, 그리고 함부로 말하기도 어렵지만 사랑보다는 예의를 보게 될까 봐 두려웠던 것이다.

저녁에 응접실로 들어가면서 나는 늘 있던 자리에 피아노가 없는 것을 보고 놀랐다. 내가 실망스러운 탄성을 내뱉자 알리사는 그지없이 평온한 목소리로 대답했다.

"피아노는 지금 수리하고 있어, 제롬."

외삼촌이 엄하게 나무라는 듯한 말투로 말했다.

"애야, 내가 여러 번 말하지 않았니? 지금까지 그만하면 쓸 만했는데 제롬이 떠날 때까지 기다렸다가 수리를 보낼 수도 있었잖아. 네가 서두르는 바람에 커다란 즐거움 하나를 빼앗겨버렸구나……."

알리사가 달아오른 얼굴을 옆으로 돌리며 말했다.

"하지만 아버지, 요즘 피아노가 자꾸 텅 빈 소리를 내서 제롬도 아무런 즐거움을 느끼지 못했을 거예요."

외삼촌이 다시 말했다.

"네가 피아노 치는 소리를 들었을 때는 그렇게 나쁜 것 같지 않았는데."

알리사는 그늘 쪽으로 얼마간 몸을 숙이고 소파 덮개의 치수를 재는 데 몰두하더니 갑자기 방에서 나가버렸다. 그리고 한참 뒤에야 외삼촌이 매일 밤 마시는 차를 쟁반에 받쳐 들고 다시 나타났다.

다음 날에도 알리사의 머리 모양과 블라우스는 바뀌지 않았다. 알리사는 집 앞에 있는 벤치에 아버지와 나란히 앉아 전날 저녁 시간에도 몰두하던 바느질을, 아니 그보다는 깁는 일을 다시 시작했다. 그녀는 벤치와 탁자 위에 길고 짧은 해진 양말들로 가득 찬 커다란 바구니를 놓아두곤 바느질을 시작했다. 며칠 뒤에는 일거리가 수건과 침대보로 바뀌었다……. 알리사는 그 일에 완전히 빠져들어 입술은 표정을 잃고 눈도 광채를 잃어버릴 정도였다.

첫날 저녁, 나는 알아보기 어려울 만큼 그녀의 얼굴에서 시적인 정취가 사라져버린 데 깜짝 놀라며 "알리사!" 하고 외치고 말았다. 한참 전부터 알리사의 얼굴을 뚫어지게 바라보고 있었지만 그녀는 내 시선을 느끼지 못하는 듯했다. 알리사가 고개를 들며 말했다.

"대체 왜 그래?"

"내 말을 듣고 있는지 보려고 그랬지. 네 생각이 나한테서 아주 멀리 떨어져 있는 것 같아서."

"아니야, 난 여기 있잖아. 그렇지만 이것들을 기우려면 집중해야 하거든."

"바느질하는 동안 내가 책을 읽어주면 안 될까?"

"별로 잘 들을 수 없을 것 같은데."

"왜 그렇게 집중해야만 하는 일을 고른 거야?"

"누군가는 이 일을 해야 하니까."

"그런 일로 생계를 꾸리는 가난한 여자들이 넘치도록 많아. 하지만 네가 돈 때문에 그런 쓸데없는 일을 하려고 애쓰는 건 아니잖아?"

알리사는 대뜸 어떤 일도 이보다 재미있지 않으며 오래전부터 다른 일을 하지 않았기에 다른 솜씨는 모두 잃어버린 것 같다고 분명하게 말했다……. 그녀는 말하면서 미소를 짓고 있었다. 그녀의 목소리가 지금보다 더 부드러운 적은 없었지만 그럼에도 나는 슬펐다. 알리사의 표정은 이렇게 말하는 듯했다. '나는 있는 그대로 이야기할 뿐인데, 넌 왜 그걸 슬퍼하니?' 내 마음속의 모든 항의는 입술까지도 채 올라오지 못하고 나를 숨 막히게 했다.

이틀 뒤 우리는 장미꽃을 꺾었다. 알리사는 올해 내가 한 번도 들어가 보지 못한 자신의 방으로 꽃들을 가져다 달라고 부탁했다. 나는 곧 희망에 들뜨고 말았다. 나는 여전히 나의 슬픔을 내 탓으로 돌리고 있었다. 그러니 그녀의 말 한마디가 내 마음을 치유해줄 수도 있으리라.

나는 알리사의 방에 들어갈 때 감동을 느끼지 않은 적이 없었다. 그 방에는 아름다운 정적과 평화가 감돌아 알리사의 방임을 단박에 느끼게 했다. 창문과 침대 주변에 드리워진 커튼의 푸른색 그늘, 윤나는 마호가니 가구들 그리고 정돈과 청결, 고요함 등. 이 모든 것이 그녀의 순결함과 사색적인 우아함을 전해주는 것 같았다.

그날 아침, 나는 알리사의 침대 쪽 벽에 내가 이탈리아에서 가져다주었던 마사치오의 커다란 그림 두 장이 보이지 않아서 깜짝 놀랐다. 그 그림들을 어떻게 했는지 물어보려다가 바로 가까이에 있는, 그녀가 좋아하는 책을 정리해두던 책장을 보게 되었다. 그 작은 책장의 절반은 내가 알리사에게 주었던 책으로, 나머지 절반은 우리가 함께 읽었던 책으로 천천히 채워졌다. 그런데 그 책들이 모두 치워지고 그 자리엔 그녀가 차라리 경멸하면 좋을 성싶은 통속적인 신앙을 다룬 하찮은 소책자들만 놓여 있었다. 문득 눈을 드니 웃고 있는 알리사가 보였다. 그렇다, 그녀는 나를 바라보며 웃고 있었다. 알리사가 곧바로 말했다.

"미안해. 네 얼굴이 너무 우스웠어. 내 책장을 보고 갑자기 그렇게 일그러지는 얼굴이……."

나는 별로 농담할 기분이 아니었다.

"아니, 알리사. 정말로 지금 네가 이런 책들을 읽고 있다고?"

"그래, 그게 놀랄 일이니?"

"풍부한 정신적 양식에 익숙해진 지식인이라면 구역질을 하지 않곤 저런 부류의 역겨운 것들을 맛볼 수 없으리라고 생각했는데."

그녀가 말했다.

"널 이해할 수가 없구나. 그들은 온 힘을 다해 자신의 생각을 표현하면서 나와 함께 격의 없이 이야기를 나누는 겸손한 영혼들이야. 나는 거기에 속해 있는 게 즐거워. 그 영혼들은 어떤 미사여구의 함정에도 빠져들지 않을 거고, 나도 그 책들을 읽으면서 어떤 세속의 찬미에도 빠져들지 않을 거라고 벌써부터 알고 있는걸."

"그럼 이제 이런 것들만 읽는 거야?"

"그렇다고 할 수 있지. 몇 달 전부터는 그래. 그런 데다 이제 책 읽을 시간도 별로 없고. 솔직히 말하면 요즘은 감탄할 만하다고 네가 알려준 위대한 작가들 가운데 한 사람의 책을 다시 읽어보려 했지만 나 자신이 성경에서 말하는 '자기 수명을 조금이라도 늘리려고 하는' 자가 된 듯했어."

"너한테 그런 이상한 생각을 하게 한 그 '위대한 작가'가 대체 누군데?"

"내가 그런 생각을 하게 된 건 그 작가 때문이 아니야. 그의 책을 읽다가 나 스스로 그런 생각을 한 거지……. 그 작가는 파스칼이었어. 아마도 내가 별로 좋지 않은 구절을 만난 거겠지……."

나는 초조한 몸짓을 보였다. 알리사는 아직 정돈하지 않은 꽃다발에서 눈도 들지 않은 채 과제를 외우기라도 하는 듯 청아하고 단조로운 말투로 말하고 있었다. 그녀는 내 몸짓을 보고 잠깐 말을 멈추더니 똑같은 말투로 계속 말했다.

"그렇게 많은 과장과 노력을 기울였다니 놀랍지. 그런데도 밝혀낸 건 거의 없잖아. 때때로 나는 그의 비장한 어조가 신념이 아니라 오히려 의혹의 결과가 아닌가 싶어. 완벽한 신념에는 그토록 많은 눈물과 목소리의 떨림이 있지 않거든."

나는 "목소리를 아름답게 해주는 게 바로 그 떨림, 그 눈물이야"라고 대꾸하려 했으나 용기가 나지 않았다. 알리사의 말 속에는 내가 그녀한테서 소중히 여기던 것을 전혀 찾아볼 수 없었기 때문이다. 나는 그 일이 있고 나서 기교니 논리니 하는 것들을 보태지 않고 내가 기억하는 그대로 옮겨 쓰고 있다.

알리사가 말을 이었다.

"그가 현세의 삶에서 자신의 기쁨을 먼저 비워내지 않았다면, 그 삶은 그것보다 더 무거워졌을지도 모르지……."

나는 그녀의 이상한 말에 어안이 벙벙해져서 물었다.

"무엇보다 더 무겁다고?"

"그가 제시한 불확실한 천상의 축복보다."

내가 소리쳤다.

"그럼 너는 그 천상의 축복을 믿지 않는 거야?"

알리사가 계속해서 말했다.

"아무려면 어떠니! 계약이라는 모든 흔적을 멀리하려는 거라면 불확실한 천상의 축복이 더 낫겠지. 하느님을 사랑하는 영혼이 덕성에 빠져들려고 하는 건 보상을 받으려는 게 아니라 본래의 고결함 덕분이야."

"파스칼 같은 사람의 고결함이 피난처로 찾은 그 은밀한 회의주의는 바로 거기서 비롯된 거지."

"회의주의가 아니라 얀센주의(네덜란드 신학자 코르넬리우스 얀센이 주창한 교의로, 원죄로 타락한 인간은 오직 은총으로만 자유로워질 수 있다고 주장했다—옮긴이)야."

알리사는 미소를 지으며 계속 말했다.

"하긴 그게 나랑 무슨 상관이지?"

그러더니 자기 책들 쪽으로 고개를 돌렸다.

"여기 이 가련한 영혼들은 자신들이 얀센주의자인지, 정적주의자(구원은 오직 하느님의 은총에 달려 있다고 믿고 조용히 앉아서 은총이 일어나기를 기다리는 사람들—옮긴이)인지, 아니면 또 다른 것인지 말하기가 아주 난처할 거야. 이 영혼들은 바람에 나부끼는 풀잎처럼 악의도, 불안도, 고결함도 없이 하느님을 따르는 것뿐이야. 이들은 자신들이 보잘것없으며 하느님 앞에서 자신을 지워버릴 때만 의미가 있다는 걸 알고 있지."

내가 소리쳤다.

"알리사! 넌 왜 자신의 날개를 떼어버리려는 거니?"

알리사의 목소리가 너무도 차분하고 자연스러워서 내 외침은 그만큼 더 우스꽝스럽게 보였다. 알리사는 고개를 저으며 또다시 미소를 지었다.

"이번에 파스칼의 책을 읽고 내가 얻은 것은 말이야……."

그녀가 말을 하다 멈추자 조바심이 나서 물었다.

"대체 뭔데?"

알리사는 더 크게 미소를 짓고 나를 똑바로 쳐다보면서 말을 이었다.

"예수님의 이런 말씀이지. '무릇 자기 목숨을 보전하고자 하는 자는 잃을 것이요…….' 사실대로 말하면 나는 파스칼을 더는 이해할 수 없었던 거야. 그 보잘것없는 책들과 얼마간 함께 지내다가 위대한 인물들의 숭고함을 대하게 되면 얼마나 순식간에 사람을 숨 가쁘게 하는지 놀라울 정도라니까."

이러한 혼란 속에서 내가 어떤 대답을 떠올릴 수 있었겠는가……?

"만약 오늘 너와 함께 이 모든 강론집과 묵상집을 읽어야 한다면……."

알리사가 내 말을 가로막았다.

"하지만 네가 이런 책들을 읽는 걸 본다면 나는 슬퍼질 거야! 난 정말로 네가 그것보다 훨씬 더 나은 것을 위해 태어났다고 믿으니까."

이렇게 우리 둘의 삶을 갈라놓은 말들이 얼마나 내 마음을 찢어지게 하는지는 생각도 하지 않은 채 알리사는 그저 대수롭지 않게 말했다. 나는 머릿속이 불타고 있는 듯했다. 좀 더 이야기하고 싶고 울고 싶기도 했다. 그녀가 내 눈물에 항복할지도 모를 일이었다. 그렇지만 나는 벽난로 위에 팔꿈치를 기댄 채 두 손으로 얼굴을 감싸곤 아무 말도 하지 않고 그대로 있었다. 알리사는 내 고통을 보지 못하는 건지, 못 본 척하는 건지 평온하게 꽃들을 정돈하고 있었다…….

그 순간 식사 시간을 알리는 첫 번째 종소리가 울렸다. 알리사가 말했다.

"이렇게 있다가는 점심도 준비하지 못하겠네. 어서 가."

그러고는 우리가 이야기했던 것이 장난에 지나지 않았다는 듯 덧붙였다.

"그 이야기는 나중에 다시 해보자."

그 이야기를 다시 하지는 않았다. 알리사는 끊임없이 내게서 도망쳤다. 결코 일부러 나를 피하는 것처럼 보이진 않았지만 우연히 일어난 모든 일이 그녀에게 훨씬 더 절박하고 중요한 의무처럼 잇따라 몰려왔다. 나는 줄을 서서 알리사를 기다렸다. 항상 새로운 일거리가 쌓이는 집안일이나 그녀가 꼭 해야 하는 곳간 감독이나 소작인들 방문 그리고 그녀가 점점 더 관심을 기울이고 있는 빈민들을 만나는 일 다음에야 내 차례가 돌아왔다. 나는 얼마 되지도 않는, 남은 시간밖엔 차지할 수가 없었다. 항상 바쁜 그녀의 모습을 바라만 봐야 했지만 나 자신이 얼마나 소홀하게 여겨지고 있는지는 별로 느끼지 못했다. 그것은 그녀가 늘 그런 자질구레한 일들로 바빴기 때문이고, 내가 그녀에게 구애하는 것을 포기해버렸기 때문인지도 몰랐다. 아주 짧은 대화만으로도 나는 그런 사실을 깨달았던 것이다. 알리사가 내게 잠깐 시간을 내줄 때도 실제로 그것은 더없이 어색한 대화뿐이었고, 그마저도 그녀는 어린아이가 장난을 치듯 응했다. 알리사는 미소를 띠고 주의가 산만한 채로 내 곁을 재빠르게 지나쳤다. 그러면 나는 그녀가 멀게 느껴졌다. 때론 알리사의 미소에서 비웃음이 보이는 것 같았고, 내 희망을 그런 식으로 피하는 데 그녀가 재미를 느끼는 것 같았다……. 결국 나는 모든 불평을 나 자신에게로 돌려버렸다. 그것은 내가 스스로 그녀를 책망하도록 내버려두고 싶지 않았기 때문이었다. 그리고 내가 그녀에게 무엇을 기대할 수 있는지, 내가 그녀를 무엇으로 책망할 수 있는지 더는 알 수 없었기 때문이다.

커다란 기쁨을 기대했던 나날들이 그렇게 흘러갔다. 나는 시간이 지나가는 것을 멍하게 바라볼 뿐 그 시간을 늘리고 싶지도, 그 흐름을 더디게 하고 싶지도 않았다. 그렇게 하루하루가 내 고통을 더욱 심해지게 했다. 하지만 내가 떠나기 이틀 전, 알리사는 내버려진 이회암 채석장 벤치에서 나와 함께 있어주었다. 그날은 안개가 끼지 않아 지평선 위에서 각각의 세세한 부분이 푸르게 물든 것을 볼 수 있었다. 덧없이 떠다니던 과거의 추억까지도 알아볼 수 있을 듯한 맑은 가을날 저녁이었다. 나는 불평을 억누를 길이 없었다. 그래서 대체 어떤 행복의 슬픔을 드러냈기에 지금의 내 불행이 만들어졌는지를 이야기하고 있었다.

그러자 알리사가 곧바로 반박했다.

"그렇지만 제롬, 내가 뭘 할 수 있겠니? 너는 하나의 환영과 사랑에 빠진 거야."

"아냐. 결코 환영이 아니야, 알리사."

"만들어진 형상이지."

"아! 나는 그걸 만들어낸 게 아니야. 그녀는 내 연인이었지. 알리사! 알리사! 넌 내가 사랑하는 여인이었어. 너 자신을 어떻게 한 거야? 무엇으로 변해버린 거냐고?"

알리사는 천천히 꽃잎을 뜯으면서 고개를 숙이곤 잠깐 말 없이 있었다. 그러더니 마침내 이렇게 말했다.

"제롬, 예전보다 나를 덜 사랑한다고 왜 솔직하게 털어놓지 않는 거야?"

나는 화를 내며 외쳤다.

"그건 사실이 아니니까! 사실이 아니라고! 내가 지금보다 더 너를 사랑한 적은 없으니까!"

알리사는 미소 지으려고 애쓰면서 어깨를 약간 으쓱해 보였다.

"지금의 나를 사랑하고…… 그러면서도 예전의 나를 그리워하고!"

내가 발 딛고 있던 땅이 무너지고 있었다. 나는 애원하듯 알리사에게 매달렸다…….

"나는 내 사랑을 과거에 놓아둘 순 없어."

"사랑도 남아 있는 것들과 함께 사라져버리고 말 거야."

"하지만 사랑은 언제까지나 나와 함께일 거야."

"사랑은 서서히 힘을 잃을 거야. 네가 여전히 사랑한다고 주장하는 알리사는 이미 네 추억 속에서만 존재할 뿐이지. 언젠가 그 여자를 사랑했다는 추억만 남게 되는 날이 오겠지."

"너는 마치 내 마음속에서 뭔가가 너를 대신할 수 있다는 듯, 내 마음이 사랑하기를 멈춰야 한다는 듯이 말하는구나. 나를 고통스럽게 하는 걸 이렇게 즐기다니. 너는 이제 너 자신이 나를 사랑했다는 사실조차 기억하지 못하는 거니?"

알리사의 파리한 입술이 떨렸다. 거의 알아들을 수 없는 목소리로 그녀가 나직이 말했다.

"아니, 아니야. 내 사랑은 변하지 않았어."

나는 그녀의 팔을 잡으며 말했다……

"그렇다면 변한 건 아무것도 없어."

그러자 알리사는 더욱 확신에 차서 말을 이어갔다.

"한마디만 하면 모든 게 설명될 거야. 넌 왜 그 말을 하지 못하는 거지?"

"무슨 말?"

"나는 나이가 먹었어."

"그만해……"

나는 곧바로 나 또한 그녀만큼 나이를 먹었다고, 우리 사이

의 나이 차이는 달라지지 않았다고 따졌다……. 하지만 알리
사는 냉정을 되찾았다. 단 한 번밖에 없는 순간이 지나가 버렸
고, 그마저도 논쟁에 휘말려드는 바람에 내가 지닌 유리한 조
건을 써보지도 못했다. 이제 어찌해야 좋을지 몰랐다.

　나는 알리사와 나 자신에게 불만을 품고서 이틀 뒤 퐁괴즈
마르를 떠났다. 내가 '덕성'이라고 부르던 것에 대한 막연한
증오와 내 마음속에 여전히 남아 있는 집념에 대한 원망으로
가득 찬 채 말이다. 그때의 마지막 만남에서 나는 내 사랑을
과장하느라 모든 열정을 써버린 듯했다. 처음에는 항의해보
려고 했던 알리사의 말 한마디 한마디는 내 항의가 사라져 없
어진 이후에도 생생하게 남아 나를 꼼짝 못하게 하고 있었다.
그래! 그녀의 생각이 옳았는지도 모른다! 나는 하나의 환영에
지나지 않은 것을 사랑하고 있었다. 내가 사랑했던, 내가 사랑
하고 있는 알리사는 이제 더는 없는 것이다……. 그래, 우리는
나이를 먹었는지도 모른다! 내 온 가슴이 얼어붙을 정도로 끔
찍했던 시적인 정취의 상실도 결국 그녀의 본성으로 돌아간
것일 뿐 아무것도 아니었다. 시간을 들여 그녀를 더 높은 곳으
로 끌어올리고, 내가 사랑했던 모든 것으로 그녀를 장식해 우
상으로 빚어냈다 한들 내 노력과 수고에서 대체 무엇이 남아
있단 말인가……? 알리사 혼자 남겨지자마자 그녀는 원래 자
신의 수준으로, 나 자신도 이제 그녀를 원하지 않는, 그 보잘

것없는 수준으로 되돌아갔던 것이다. 아! 오직 나 혼자 애쓰며 그녀를 올려놓았던 그 높은 곳에서 그녀와 다시 만나려고 쏟았던 엄청난 덕행이 얼마나 터무니없고 비현실적인 것이었는가. 오만함이 조금만 덜했어도 우리 사랑은 수월했으리라……. 그렇지만 이제 대상 없는 사랑에 집착한들 무슨 의미가 있겠는가? 그것은 고집일 뿐 더는 충실이 아니다. 도대체 무엇에 충실했단 말인가? 고작해야 과실에 충실했던 게 아닌지. 이제 내가 할 수 있는 가장 현명한 일은 그동안 잘못 생각하고 있었음을 인정하는 게 아닐까?

그러던 중에 아테네 학교에 추천을 받은 나는 야망도, 흥미도 없었지만 그저 떠날 수 있다는 생각에 도피하듯 바로 입학을 받아들였다.

8장

　나는 알리사를 다시 만났다……. 3년 뒤 여름이 끝나갈 무
렵이었다. 그 열 달 전에 나는 외삼촌이 돌아가셨다는 소식을
그녀에게 듣게 되었다. 나는 그 당시 여행지였던 팔레스타인
에서 알리사에게 당장 긴 편지를 써보냈으나 끝내 답장은 오
지 않았다…….

　무슨 핑계였는지는 잊어버렸지만 르아브르에 있게 된 나는
퐁괴즈마르로 향할 구실을 찾았다. 거기서 알리사를 만나게
되리라는 것을 알고 있었지만 그녀가 혼자가 아닐 거라는 생
각이 들어 걱정스러웠다. 나는 내가 간다는 사실을 미리 알리
지 않았는데, 일상적인 방문처럼 나타나는 게 어쩐지 내키지
않아 불안한 마음으로 발걸음을 옮겼다. 들어갈 것인가? 아니

면 그녀를 만나지 말고, 아니 만나려 하지도 말고 다시 떠날 것인가? ……그래 그러자. 그저 가로수 길이나 산책하고, 어쩌면 여전히 알리사가 와서 앉을지도 모를 그 벤치에 앉아 있자……. 그러면서도 나는 내가 다녀갔다는 사실을 그녀에게 알리려면 어떤 흔적을 남길 것인지 벌써부터 궁리하기 시작했다. 그렇게 생각하며 나는 느리게 걸었다. 그녀를 만나지 않기로 결심하자 내 가슴을 옥죄던 씁쓸한 슬픔이 달콤함에 가까운 우수로 바뀌었다. 어느새 나는 가로수 길에 다다랐다. 하지만 눈에 띌까 봐 두려운 마음에 농가 마당의 경계를 따라 비탈길 가장자리로 걸어갔다. 나는 정원을 내려다볼 수 있는 비탈의 한 지점을 알고 있어서 그곳으로 올라갔다. 낯선 정원사가 산책로를 다듬고 있었는데, 곧 내 시야에서 사라졌다. 새로 만든 울타리가 정원을 둘러싸고 있었다. 내가 지나가는 소리를 듣고 개가 짖어댔다. 가로수 길이 끝나는 더 먼 곳까지 가서 정원 담벼락과 마주치자 나는 오른쪽으로 돌았다. 방금 빠져나온 가로수 길과 나란히 자리 잡은 너도밤나무 숲 쪽으로 걸어가다가 채소밭의 작은 문 앞을 지나는 순간, 불현듯 정원 안으로 들어가 볼까 하는 생각에 사로잡혔다.

문은 잠겨 있었다. 하지만 안쪽의 빗장은 별로 튼튼하지 않아서 어깨로 한 번 밀기만 해도 부서질 것 같았……. 바로 그때 발소리가 들렸다. 나는 담의 움푹 팬 부분에 몸을 숨겼다.

정원 안에서 나온 사람이 누구인지는 보이지 않았다. 하지만 나는 발소리를 듣고 알리사임을 느꼈다. 그녀는 서너 걸음 앞으로 나오더니 힘없는 목소리로 나를 불렀다.

"너, 제롬이니?"

알리사가 이렇게 부르는 소리를 듣자 나는 온몸을 죄어오는 생생한 감동에 무릎을 꿇고 주저앉아 버렸다. 하지만 여전히 대답을 하지 못했다. 알리사는 몇 걸음 앞으로 나와서 담 주위를 돌았다. 나는 갑자기 내 몸에 와 닿는 그녀를 느꼈다. 곧 알리사를 보게 된다는 게 두려운 듯 팔로 얼굴을 감싸고 숨어 있던 내 몸에 그녀가 느껴진 것이다. 알리사가 내 쪽으로 잠깐 몸을 숙인 동안 나는 그녀의 가녀린 손에 입맞춤을 퍼부었다.

"왜 숨어 있었니?"

알리사는 3년 동안의 이별이 마치 며칠에 지나지 않는다는 듯 짧게 말했다.

"나라는 걸 어떻게 알았어?"

"널 기다리고 있었거든."

"나를 기다리고 있었다고?"

나는 너무도 놀라서 알리사의 말을 되받아 물어보는 수밖에 없었다……. 내가 여전히 무릎을 꿇은 채로 있자 그녀가 다시 말했다.

"벤치로 가자. 그래, 나는 널 한 번 더 만나게 되리라는 걸 알고 있었어. 사흘 전부터 매일 저녁 이곳에 와서 오늘 그랬던 것처럼 너를 불렀지……. 왜 대답하지 않았어?"

기절할 것 같은 감동을 가까스로 억누르며 내가 대답했다.

"네가 갑자기 나타나지 않았다면 나는 너를 만나지 않고 떠나버렸을 거야. 그냥 르아브르를 지나는 길에 가로수 길을 걷고, 정원도 한 바퀴 돌아보고, 네가 여전히 앉아 있을 것만 같은 이회암 채석장 벤치에서 잠깐 쉬어가려 했어. 그러고 나서……."

"사흘 전 저녁부터 내가 여기에 와서 뭘 읽었는지 봐."

알리사는 내 말을 가로막더니 편지 한 묶음을 내밀었다. 이탈리아에서 내가 그녀에게 보냈던 편지들이었다. 그 순간 나는 눈을 들어 그녀를 봤다. 알리사는 믿을 수 없을 만큼 변해 있었다. 야위고 창백한 그녀의 모습에 내 마음이 고통스럽게 죄어왔다. 내 팔에 기댄 채 매달려 있는 그녀는 두렵거나 춥기라도 한 듯 내게 바짝 몸을 붙였다. 알리사는 여전히 제대로 갖춘 상복을 입고 있었는데 머리 장식 대신 쓴 검은색 레이스가 얼굴을 가리고 있어 더욱 창백해 보였다. 웃고 있지만 금방이라도 쓰러질 것 같았다. 나는 그녀가 지금 퐁괴즈마르에서 혼자 지내는 것은 아닌지 염려했으나 그렇지 않았다. 로베르가 그녀와 함께 있었다. 쥘리에트와 에두아르도 8월에 세 아이와 함께 머물다 갔다고 했다······. 우리는 벤치에 앉았다. 얼마 동안 대화는 평범한 소식을 주고받는 것으로 이어졌다. 알리사는 내 공부에 대해 물었다. 나는 마지못해 대답하면서 이제 공부가 내 흥미를 끌지 못한다는 것을 그녀가 느껴주기를 바랐다. 알리사가 예전에 내게 환멸을 안겨주었듯이 나도 그러고 싶은 마음이 들기도 했다. 내가 그렇게 할 수 있었는지는 모르겠지만 그녀는 조금도 내색하지 않았다. 내 마음은 사랑과 동시에 그녀를 원망하는 마음으로 가득 차 있었기에 나는 되도록 냉정하게 이야기하려 했다. 하지만 때때로 감동이 북받쳐 올라 목소리가 떨리는 바람에 속마음을 들켜버릴 것 같았다.

조금 전부터 구름에 가려져 있던 석양이 우리와 거의 정면으로 지평선에 닿을 듯 말 듯 나타나 텅 빈 들판을 살랑거리는 낙조로 메웠다. 그러고는 우리 발아래 펼쳐진 좁고 험한 골짜기를 갑작스럽게 풍요로운 빛으로 채우고선 다시 사라져버렸다. 나는 그 풍경에 매혹되어 말없이 앉아 있었다. 황금빛 도취 상태가 다시 내 몸을 감싸고 온몸에 스며드는 것을 느끼자 원망은 간 데 없이 사라지고 사랑의 속삭임밖에는 들리지 않았다. 내게 기대어 있던 알리사가 몸을 일으켰다. 그녀는 얇은 종이에 싸인 작은 꾸러미를 블라우스 안에서 꺼내 내게 내밀려다가 내키지 않는 듯 그만둬 버렸다. 내가 놀라서 바라보자 그녀는 이렇게 말했다.

"저기 제롬, 이건 자수정 십자가 목걸이야. 오래전부터 네게 주고 싶었어. 그래서 사흘 전부터 여기에 이걸 갖고 왔어."

나는 퉁명스럽게 물었다.

"그걸 나보고 어떻게 하라는 거야?"

"네 딸을 위해서 나에 대한 기억으로 간직해주었으면 해."

"무슨 딸?"

알리사의 말을 이해하지 못한 나는 그녀를 바라보며 외쳤다.

"조용히 내 말을 들어줘, 부탁이야. 아니, 그렇게 바라보지 마. 그러지 말라고. 벌써 너한테 말하기가 너무 힘들잖아. 그렇지만 이 얘기는 꼭 해두고 싶어. 들어봐 제롬, 언젠가는 너도 결혼하겠지……? 아니, 대답하지 마. 제발, 내 말을 끊지 말아 줘. 나는 그저 내가 널 무척 사랑했다는 걸 기억해주기를 바랄 뿐이야……. 벌써 오래전부터…… 3년 전부터…… 네가 좋아하던 이 작은 십자가를 언젠가 네 딸이 나에 대한 기억으로 걸어주면 좋겠다고 생각했어. 오! 누구 건지는 모르는 채 말이야……. 어쩌면 그 아이한테…… 내 이름을 붙여줄 수도 있겠지……."

알리사는 목이 메어 말을 멈췄다. 나는 적의마저 보이며 소리쳤다.

"왜 네가 직접 그 애한테 그걸 주지 못하지?"

알리사는 더 말하려고 애썼다. 그녀의 입술이 흐느끼는 어린아이 입술처럼 떨리고 있었다. 하지만 울지는 않았다. 눈길에서 나오는 놀라운 광채가 초인적이고 천사와도 같은 아름다움으로 알리사의 얼굴에 스며들었다.

"알리사! 내가 도대체 누구와 결혼하겠니? 나는 너 외에는 그 누구도 사랑할 수 없어."

나는 갑자기 난폭하다 싶을 정도로 정신없이 두 팔로 알리사를 끌어안고선 입맞춤을 퍼부었다. 그러고는 몸을 내맡긴 듯 내게 기대어 반쯤 눕다시피 한 그녀를 한동안 끌어안고 있었다. 알리사의 눈길이 흐려지는 게 보였다. 눈꺼풀이 덮이더니 그 어느 것과도 비교할 수 없을 만큼 올곧으며 선율이 느껴지는 목소리가 들렸다.

"제롬, 우리를 가엾게 여겨줘! 아, 부디 우리 사랑을 망치지 말자!"

어쩌면 알리사가 좀 더 말했는지도 모른다. "비겁하게 굴지 마!"라고. 아니면 나 스스로 자신에게 그렇게 말했는지도 모른다. 이젠 그것이 잘 기억나지 않지만, 나는 갑자기 알리사 앞에 몸을 던져 무릎을 꿇고 경건하게 그녀를 껴안으며 말했다.

"그렇게 사랑했다면 왜 늘 나를 밀어냈던 거야? 생각해봐! 처음에는 쥘리에트의 결혼을 기다렸어. 나는 네가 그녀의 행복을 기다리고 있다고 생각했어. 쥘리에트는 지금 행복해. 나한테 그 이야기를 한 건 바로 너야. 나는 또 네가 계속 아버지 곁에서 살고 싶어 한다고 오랫동안 믿었어. 그렇지만 지금은 우리 둘뿐이잖아."

알리사는 나직이 말했다.

"오! 지나간 일을 안타까워하지 말자. 이제 난 과거는 묻어두었어."

"아직 늦지 않았어, 알리사."

"아니야, 제롬. 이젠 늦었어. 우리가 사랑을 통해 사랑보다 더 훌륭한 게 있다는 걸 서로 알아차리게 된 그날부터 늦어버렸어. 제롬, 네 덕분에 내 꿈은 아주 높이 올라갔어. 하지만 인간적인 만족은 그 꿈을 추락시켜버렸을 거야. 나는 우리가 함께 지내는 생활은 어땠을까 하고 종종 생각해보곤 했어. 우리 사랑이 더 이상 완전하지 않다면…… 난 견뎌내지 못했을 거야, 우리의 사랑을."

"서로를 잃어버린 우리 삶이 어떠할지 깊이 생각해본 적은 있니?"

"아니! 전혀."

"이젠 너도 알게 될 거야! 네가 없는 3년 전부터 나는 고통스럽게 방황하고 있으니까……."

해가 지고 밤이 되었다. 내가 그녀의 팔을 잡을 수 없을 정도로 숄을 바짝 죄어 감으면서 알리사가 말했다.

"춥다. 우리를 불안하게 하고 잘 이해하지 못하면 어쩌나 염려했던 그 성경 구절을 기억하니? '이 사람들은 다 믿음으로 말미암아 증거를 받았으나 약속된 것을 받지 못하였으니 이는 하느님이 우리를 위하여 더 좋은 것을 예비하셨은즉 …….'"

"너는 아직도 그 말을 믿니?"

"그래야만 해."

우리는 더 이상 아무런 말도 하지 않고 한동안 나란히 걸었다. 잠시 뒤 그녀가 다시 말했다.

"상상해봐, 제롬. 가장 좋은 것을!"

그러더니 알리사의 눈에서 갑작스레 눈물이 터져 나왔다. 그녀는 "그 가장 좋은 것을!" 하고 되뇌었다.

우리는 채소밭의 작은 문 앞에 다시 와 있었다. 조금 전에 알리사가 나오는 모습을 봤던 그 문이었다. 그녀는 내게로 고개를 돌리고서 말했다.

"안녕! 아니, 이젠 오지 마. 안녕, 내 사랑. 이제 시작될 거야, 그 좋은 것이."

알리사는 팔을 뻗어 양손을 내 어깨에 올리고서 말로는 표현할 수 없는 사랑이 듬뿍 담긴 눈으로 나를 붙잡으려는 듯, 또 한편으로는 멀리하려는 듯 한동안 바라봤다…….

문이 닫히고 알리사가 빗장을 거는 소리가 들리자 나는 엄청난 절망감에 사로잡혀 그 문에 기대어 쓰러진 채 오랫동안 어둠 속에서 흐느껴 울었다.

하지만 알리사를 붙잡았다면, 문을 밀고 들어갔다면, 어쨌든 그 문이 잠겨 있지는 않았을 테니 어떻게 해서든 집 안으로 들어갔다면 어땠을까. 아니다, 그 모든 과거를 되살리려고 되돌아가고 있는 오늘조차 그건 내가 할 수 없는 일이었다. 지금 나를 이해할 수 없는 사람은 그때의 내 마음도 전혀 이해하지 못할 것이다.

견딜 수 없는 불안감에 사로잡힌 나는 며칠 뒤 쥘리에트에게 편지를 썼다. 그녀에게 퐁괴즈마르에 갔던 일을 이야기하고, 알리사의 창백하고 야윈 모습에 내가 얼마나 불안해하고 있는지 말했다. 나는 그런 알리사에게 신경을 써주고 이젠 알리사 한테서 기대할 수 없는 소식을 내게 전해달라고 부탁했다.

그 뒤 한 달도 채 못 되어 나는 이런 편지를 받았다.

친애하는 제롬

너무나도 슬픈 소식을 오빠에게 전하려고 해. 가엾은 알리사 언니는 이제 우리 곁에 없어…… 슬프게도! 오빠가 편지에 썼던 불안감은 너무나 당연한 거였어. 몇 달 전부터 딱히 어디가 아픈 것도 아닌데 언니는 점점 쇠약해졌어. 내 간곡한 부탁으로 르아브르의

A 박사에게 진찰을 받기도 했는데, 그분은 언니한테 별 증상이 없다는 편지를 내게 보냈어. 그렇지만 오빠가 찾아갔던 사흘 뒤에 언니는 갑자기 퐁괴즈마르를 떠나버렸어. 로베르의 편지를 받고 언니가 떠난 사실을 알았지. 언니는 내게 편지하는 일이 아주 드물어서 로베르가 아니었다면 집을 떠난 사실도 몰랐을 거야. 언니한테서 소식이 없다고 당장에 걱정하지는 않았을 테니까. 나는 그렇게 언니가 떠나도록 내버려둔 채 파리로 따라가지 않았다고 로베르를 호되게 야단쳤어. 그 뒤로 우리는 언니 주소조차 모르고 있었으니 상상이나 할 수 있는 일이었겠어? 언니를 만날 수도 없고 편지도 할 수 없어서 얼마나 애가 탔는지. 며칠 뒤에 로베르가 파리로 갔지만 아무것도 알아내지 못했어. 로베르가 너무나 성의 없어 보여서 우리는 그 애의 진심을 의심하기도 했어. 경찰에 알려야만 했지. 불안에 떨면서 그대로 있을 수는 없었으니까. 결국 에두아르가 손을 써서 알리사가 숨어 있던 작은 요양원을 찾아냈지. 아! 그런데 너무 늦었더라고. 나는 언니의 사망을 알리는 원장의 편지와 언니의 임종도 볼 수 없었던 에두아르의 전보를 동시에 받았어. 마지막 날 언니는 우리에게 알릴 수 있도록 봉투 한 장에는 우리 주소를 써놓았고, 다른 한 장에는 유언을 담아 르아브르의 공증인에게 보냈던 편지 사본을 넣어두었다고 해. 그 편지의 한 구절은 오빠에 대한 것이라고 생각해. 조만간 알려줄게. 그저께 있었던 장례식에는 에두아르와 로베르가 참석했어. 그 두 사람뿐 아니라 요

양원에 있던 몇몇 환자도 장례식에 참석하고 묘지까지 따라가겠다고 했대. 다섯 번째 아이의 출산을 이제나저제나 기다리고 있던 나는 안타깝게도 장례식에 참석하지 못했어.

보고 싶은 제롬, 나는 이 이별이 오빠에게 가져다줄 슬픔을 잘 알아. 나 역시 침통한 마음으로 이 편지를 쓰고 있으니까. 나는 이틀 전부터 자리에 누워 있어야만 해서 편지 쓰기가 여의치 않았지만 어쩌면 우리 둘만이 이해할 수 있었던 사람의 이야기를 다른 사람이, 에두아르나 로베르까지도 오빠에게 하도록 하고 싶지 않았어. 나도 이제 꽤 나이를 먹은 주부가 되었고, 불타오르던 과거도 많은 잿더미에 덮인 지금은 오빠를 만나보고 싶어 해도 되겠지. 언제라도 볼일이 있거나 여행 삼아 님 근처에 온다면 에그비브까지 와줘. 에두아르도 오빠를 만나면 기뻐할 테고, 우리 둘이 알리사 언니 이야기를 할 수도 있겠지. 안녕, 그리운 제롬. 몹시 슬픈 마음으로 편지를 마칠게.

며칠 뒤, 나는 알리사가 퐁괴즈마르에 있는 집은 남동생에게 물려주었지만 자기 방에 있던 모든 물건과 가구 몇 점은 쥘리에트에게 보내주도록 부탁했다는 것을 알았다. 알리사가 내 앞으로 봉인해둔 봉투는 조만간 받기로 했다. 또 내가 마지막으로 찾아갔을 때 받기를 거절했던 작은 자수정 십자가 목걸이를 알리사가 자기 목에 걸어달라고 부탁했으며, 그 부탁이 그대로 이루어졌음을 에두아르한테서 들었다.

공증인이 내게 보내준 봉인된 봉투에는 알리사의 일기가 들어 있었다. 여기에 그 일기의 많은 부분을 옮겨 적겠다. 아무 설명 없이 그대로 말이다. 이 일기를 읽으면서 내 마음에 떠오른 갖가지 상념과 아무리 설명해도 제대로 전할 길 없는 내 마음의 동요를 충분히 상상할 수 있으리라.

알리사의 일기

에그비브

그저께 르아브르에서 출발해 어제 님에 도착. 나의 첫 번째 여행이다! 집안 살림이나 부엌일에 대한 아무런 걱정 없이 가볍게 즐기자는 마음으로 내 스물다섯 번째 생일인 1880년 5월 24일, 나는 일기를 쓰기 시작한다. 큰 재미는 없지만 그저 친구처럼 여겨보려고 말이다. 왜냐하면 아직 내가 만나보지 못한 낯선 땅에서 난생처음으로 혼자라는 느낌이 들었기 때문이다. 이 땅이 내게 말해줄 것도 노르망디가 내게 말해주던 것 그리고 퐁괴즈마르에서 내가 끊임없이 듣던 것과 비슷하겠지. 하느님은 어느 곳에 계시든 다르지 않을 테니까. 하지만 이곳 남프랑스의 땅은 아직 내가 배운 적이 없는 언어로 말을 해 놀라운 마음으로 듣고 있다.

5월 24일

쥘리에트가 내 곁에 놓인 긴 의자에 앉아 졸고 있다. 활짝 트인 이 회랑은 이탈리아식으로 지어진 이 집을 더욱 매력적으로 만들어주는 곳이다. 이곳은 정원으로 이어지는, 모래가 깔린 안마당과 그대로 통하게 되어 있다……. 얼룩덜룩한 오리 떼가 퍼덕거리고 백조 두 마리가 떠다니는 연못에 이르기까지 잔디밭이 너울너울 펼쳐져 있는 광경을 쥘리에트는 긴 의자에서 일어나지 않아도 볼 수 있다. 아무리 무더운 여름에도 마르지 않는 개울이 연못에 물을 대준 다음 멀리 갈수록 점점 더 야생의 숲으로 변하는 정원을 가로질러 흐르다가 메마른 들판과 포도밭 사이에서 점점 좁아지더니 마침내 완전히 사라진다.

……어제 내가 쥘리에트 곁에 남아 있는 동안 에두아르 테시에르는 정원과 농장, 포도주 창고, 포도밭 등을 아버지께 보여드렸다. 그래서 나는 오늘 아침, 아주 이른 시간부터 커다란 정원 안을 여기저기 살펴보며 처음으로 혼자서 산책할 수 있었다. 이름을 알고 싶은 풀과 나무들이 많았다. 점심때 이름을 물어보려고 잔가지를 하나씩 꺾었다. 그 가운데는 보르게세 별장이나 도리아 팜필리에서 제롬이 감탄해 마지않았다던 초록색 떡갈나무도 있었다……. 내가 사는 북프랑스의 나무들과는

품종이 달라서 생긴 모양도 전혀 달랐다. 떡갈나무들은 정원이 거의 끝나는 곳에서 좁고 신비스러운 공터를 둘러싸고 요정들의 합창을 이끌어내려는 듯 부드럽게 밟히는 잔디밭 위로 늘어서 있었다. 퐁괴즈마르에서는 그토록 기독교적이었던 내 자연관이 이곳에선 나도 모르게 조금은 신화적으로 변해가는 것이 놀랍고 두렵기까지 하다. 그렇지만 점점 더 나를 억눌러 오던 두려움 비슷한 감정 또한 종교적인 것이었다. 나는 "여기는 성스러운 숲이니" 하고 중얼거렸다. 주위 공기가 수정처럼 투명하고, 야릇한 고요가 깃들어 있었다. 나는 오르페우스(그리스 신화에 나오는 시인이자 음악가로 리라를 다루는 솜씨가 탁월했다—옮긴이)를 꿈꾸고 있었는데 갑자기 새소리가 들렸다. 그 소리는 내 곁 아주 가까이에서 들렸고, 몹시 감동적이고 순수해서 불현듯 온 자연이 그것을 기다리고 있었다는 느낌이 들었다. 내 가슴이 세차게 뛰었다. 나는 잠깐 나무에 기대서 있다가 누군가가 일어나기 전에 집으로 돌아왔다.

5월 26일

여전히 제롬한테서 소식이 없다. 르아브르로 내게 편지를 보냈다면 이리 보내졌을 텐데⋯⋯. 불안한 마음을 이 일기장에 털어놓는 수밖에. 어제 보 마을로 소풍을 갔던 것이나 기도를 드리는 것으로도 내 마음을 채우지 못하고 사흘 전부터 도무지 불안감에서 빠져나올 수가 없다. 에그비브에 도착한 뒤로 나를 괴롭히는 이상한 우울감은 별다른 이유가 없는 것일지도 모른다. 하지만 나는 마음속 아주 깊은 곳에서 우울을 느끼고 있기에 이제 그것이 오래전부터 거기에 있었던 것만 같다. 뿌듯해하며 느꼈던 기쁨도 그 우울감을 감싸기 위한 것에 지나지 않은 듯하다.

5월 27일

왜 나 자신에게 거짓말을 하는 걸까? 내가 쥘리에트의 행복을 기뻐하는 것은 이성적으로 생각해서다. 내 행복을 희생해서 바치려고 했을 정도로 열망하던 그 애의 행복, 그 행복이 쥘리에트와 내가 상상해온 것과는 다르며 별 어려움 없이 얻었다는 사실이 나를 괴롭게 한다. 이 얼마나 복잡한가! 그렇다……. 쥘리에트가 내 희생이 아닌 다른 곳에서 행복을 찾았다는 것, 그 애가 행복해지는 데 내 희생이 필요 없었다는 것을 내 마음에 되돌아온 무서운 이기심이 탐탁지 않아 하고 있는 것이다.

그리고 제롬의 침묵이 내게 얼마나 큰 불안감을 안겨주는지를 알게 된 지금 나는 내 마음속에서 진실로 그 희생이 이루어졌는가를 생각하게 된다. 하느님께서 내게 더는 희생을 요구하시지 않는 듯해 부끄럽다. 정말로 내게는 그런 희생이 도

저히 불가능한 것이었을까?

5월 28일

내 우울감에 대한 이 같은 분석은 얼마나 위험한 것인지! 이미 나는 이 일기장에 집착하고 있다. 이젠 극복했다고 믿었던 간사한 마음이 여기서 또다시 똬리를 트는 걸까? 아니다, 이 일기는 내 영혼을 치장하기 위한 자기만족의 거울이 되어서는 안 된다! 내가 일기를 쓰는 것은 그저 즐기려는 게 아니라 슬픔 때문이다. 슬픔이란 내가 알지 못했던, 내가 증오하는, 그리고 그 지점에서부터 내 영혼을 '정화'하고 싶은 '죄의 상태'다. 이 일기장은 내 안에서 행복이 되돌아올 수 있도록 나를 도와야 한다.

슬픔이란 어떤 복잡한 얽힘이다. 나는 내 행복을 분석해보려고 한 적이 단 한 번도 없었다.

퐁괴즈마르에서도 나는 외로웠다. 지금보다 더 외로웠다……. 그런데 왜 그것을 느끼지 못했던 걸까? 제롬이 이탈리아에서 내게 편지를 보내고 있었을 때는 그가 나 없이도 세상을 보고, 나 없이도 살 수 있으리라는 것을 인정했다. 나는 마음속으로 제롬을 따르고, 그의 기쁨을 내 기쁨으로 여겼다. 이제 나도 모르게 그의 이름을 부른다. 제롬이 없으니 눈에 보이는 새로운 것이 전부 나를 괴롭힌다…….

6월 10일

꽤 오랫동안 일기를 쓰지 못했다. 아기 리즈의 출생. 쥘리에트 곁에서의 오랜 밤샘. 제롬에게 써보낼 수 있는 것을 여기에 쓰고 있자니 하나도 즐겁지가 않다. 나는 많은 여자가 공통적으로 보이는 '너무 많이 쓴다'라는 결점을 피하고 싶다. 이 일기장을 자기완성의 도구로 여겨야만 한다.

뒤이은 몇 페이지는 책을 읽으면서 적어놓은 메모와 책에서 옮겨 적은 구절로 채워져 있었다. 그리고 다시 퐁괴즈마르에서 쓴 일기가 등장한다.

7월 16일

쥘리에트는 행복하다. 그 애도 그렇게 말할 뿐 아니라 실제로도 그렇게 보인다. 내게는 그것을 의심할 권리도, 이유도 없다……. 그런데 지금 그 애 곁에서 느끼는 이 불만족스럽고 거북한 감정은 무엇 때문일까? 아마도 그 행복이 너무도 실질적이고, 너무도 쉽게 얻은 것이며, 너무도 완전하게 '꼭 들어맞아서' 영혼을 옥죄어 질식시키는 것처럼 느껴지기 때문이리라…….

그래서 지금 내가 바라는 게 바로 그 행복인지, 아니면 행복을 향한 여정인지를 생각하게 된다. 오, 주님! 지나치게 빨리 다다를 수 있는 행복에서 저를 지켜주소서! 제 행복을 당신께 미루고 뒤로 물러설 수 있도록 이끌어주소서.

그 뒤로 여러 페이지가 뜯겨 있었다. 그 페이지들은 르아브르에서 있었던 가슴 아픈 만남을 적은 부분인 듯했다. 일기는 그다음 해에야 다시 시작되었다. 몇 페이지는 날짜가 적혀 있지 않았지만 내가 퐁괴즈마르에 머물렀을 때 쓴 것이 분명했다.

때때로 그의 이야기에 귀를 기울이고 있다 보면 내가 생각하는 자신의 모습을 바라보고 있는 것 같다. 그는 나 자신에게 나에 대해 설명해주고 나를 드러내 보여준다. 그 없이 내가 있을 수 있을까? 나는 그와 더불어서만 존재한다…….

그에게서 내가 느끼는 것이 사람들이 말하는 사랑인가 하고 멈칫하게 된다. 사람들이 대개 사랑에 대해 말하는 건 내가 사랑에 대해 말하는 것과는 전혀 다르다. 사랑에 대해서는 말하지 않은 채 그리고 내가 그를 사랑한다는 사실조차 모르는 채 사랑하고 싶다. 무엇보다도 나는 그가 그 사실을 모르게 하면서 그를 사랑하고 싶다.

그 없이 살아가면서 겪을 모든 것 가운데 내게 기쁨을 줄 수 있는 건 아무것도 없다. 내 덕성은 모두 오로지 그의 마음에 들기 위해서다. 하지만 그의 곁에 있으면 내 덕성이 미약해지는 듯하다.

매일 조금씩 발전하는 것 같은 기분이 꽤나 만족스러워서 피아노 연습에 매진했다. 외국어로 된 책을 읽을 때 느끼는 즐거움의 비밀도 마찬가지일 것이다. 우리말보다 다른 어떤 외국어를 더 좋아한다거나 내가 경탄해 마지않는 우리나라 작가들이 외국 작가들에 비해 어떤 면에서 볼 때 뒤떨어져 보여서는 분명 아니다. 하지만 외국어로 된 책을 읽으면서 의미와 감정을 따라갈 때 겪는 어려움 그리고 그 어려움을 매번 조금씩 더 쉽게 극복해나가는 데서 느끼는 무의식적인 자부심이 영혼의 만족을 살찌우게 해주는 듯하다. 나는 그런 영혼의 만족 없이는 살 수 없을 것 같다.

아무리 행복하다 해도 발전이 없는 상태를 바라지 않는다. 천상의 기쁨이란 하느님 안에서의 일치가 아니라 하느님을 향해 한없고 끊임없이 나아가는 것이다……. 말장난을 해보자면, 발전적인 기쁨이 아닌 기쁨 따위는 비웃어주겠노라고 말하고 싶다.

오늘 아침, 우리 둘은 가로수 길의 벤치에 함께 앉아 있었다. 우리는 아무 말도 하지 않았고 어떤 말을 해야 할 필요도 느끼지 않았다……. 그런데 그가 갑자기 내세를 믿느냐고 물었다.

나는 곧바로 외쳤다.

"당연하지, 제롬. 내게 그건 희망 이상의 것이야. 하나의 확신이지……."

갑자기 내 모든 신앙심이 그 외침 속에 부어진 듯했다.

그가 말했다…….

"나는 알고 싶어!"

그러고는 잠시 말을 멈추더니 이어서 말했다.

"신앙심이 없다면 넌 다르게 행동할까?"

나는 대답했다.

"그걸 내가 어떻게 아니? 그렇지만 제롬, 너 자신도 원하건 원하지 않건 간에 더없이 열렬한 신앙심에 빠져든 지금은 다르게 행동할 수는 없을 거야. 달라진다면 내가 사랑하지 않을 테지."

아냐, 제롬, 아니야. 우리가 덕성을 쌓으려 노력하는 건 미래에 보상받으려는 게 아니야. 우리 사랑이 추구하는 것은 보상이 아니야. 자신이 애쓴 데 대한 수고비를 받는다는 생각은 훌륭하게 태어난 영혼에게는 모욕적인 거야. 덕성 또한 그런 영혼의 장식품이 될 수 없어. 아니, 아니야. 덕성은 영혼의 아름다운 형식이지.

아버지 건강이 또다시 안 좋아지셨다. 심하지 않기를 바라지만 사흘 전부터는 다시 우유밖에 못 드신다.

어제 저녁 제롬이 막 자기 방으로 올라간 뒤 잠자리에 들지 않고 나와 함께 있던 아버지가 잠깐 나가셨다. 나는 긴 의자에 앉아 있기보다는 누워 있었는데 왜 그랬는지는 모르겠다. 등갓이 내 눈과 상체 부분을 불빛으로부터 가려주었다. 나는 드레스 밖으로 삐져나와 등의 반사광에 드러난 내 발끝을 무의식적으로 바라보고 있었다. 그때 아버지가 들어오더니 잠시 문 앞에 머물러 미소 짓는 것 같기도 하고 슬픈 것 같기도 한 야릇한 표정으로 내 얼굴을 훑어보셨다. 나는 막연히 당혹감을 느끼면서 자리에서 일어났다. 그러자 아버지가 내게 손짓을 하셨다.

"얘야, 이리 와서 내 곁에 앉아라."

아버지는 밤이 늦었는데도 어머니 이야기를 시작하셨다. 두 분이 헤어진 이후로는 한 번도 꺼내지 않은 이야기였다. 아버지는 어떻게 어머니와 결혼했는지, 어머니를 얼마나 사랑했는지 그리고 어머니가 아버지에게 어떤 의미였는지도 이야기해주셨다.

마침내 내가 입을 떼었다.

"아버지, 왜 오늘 저녁에 저한테 그 이야기를 해주시는지, 무엇이 아버지에게 오늘 저녁 그 이야기를 하게끔 했는지 말해주세요……."

"조금 전 응접실에 들어섰을 때 긴 의자에 누운 네 모습을 보니 마치 네 어머니를 다시 보는 것 같았단다."

내가 굳이 이 일을 이야기하는 것은 바로 그날 저녁…… 제롬이 안락의자에 몸을 기대고 서서 내 어깨 너머로 몸을 굽히고 함께 책을 읽었던 기억이 나서였다. 그의 모습을 볼 수 없었지만 숨결과 체온, 떨림 같은 것을 느꼈다. 나는 계속 책을 읽는 척했지만 이미 내용이 머릿속에 들어오지 않았다. 행간을 구분할 수조차 없었다. 너무도 이상한 동요가 나를 사로잡아 아직 그럴 힘이 있는 동안 서둘러 의자에서 일어나야 했다. 다행히 나는 제롬에게 들키지 않고 잠깐 방을 떠날 수 있었다……. 하지만 얼마 뒤 응접실에 혼자 남아 어머니와 내가 닮았음을 아버지가 발견하셨던 그 긴 의자에 누워 있었을 때 나는 정말 어머니를 생각하고 있었다.

마음속에서 하나의 회한처럼 떠오르는 과거의 기억에 사로잡혀 불안하고 가슴이 답답해진 나는 그날 밤 잠을 이루지 못했다. 주여, 악의 모습을 한 모든 것을 혐오하도록 저를 이끌어주소서.

가여운 제롬! 때론 그가 몸짓 하나만 해도 충분하리라는 것을, 그리고 내가 그 몸짓을 기대하고 있는 것을 그가 알았다면…….

내가 어렸을 때부터 아름다워지기를 바라던 이유는 제롬뿐이었다. 지금 나는 오직 제롬만을 위해 '완성을 지향'하고 있는 듯하다. 그런데 그 완성은 그가 없어야만 달성할 수 있다. 오, 주님! 그것이 당신의 가르침 가운데 제 영혼을 가장 당황스럽게 하는 것입니다.

덕성과 사랑을 하나로 합칠 수 있는 영혼은 얼마나 행복할까! 이따금 나는 사랑하고, 온 힘을 다해 사랑하고, 항상 더욱더 사랑하는 것 말고 또 다른 덕성이 있을까 하고 의심을 품어본다……. 그렇지만 어떤 날에는 덕성이 사랑에 대한 저항으로만 보이기도 한다! 아, 이럴 수가! 내 마음의 가장 당연한 공감을 감히 덕성이라고 부르다니! 오, 매력적인 궤변이여! 그럴싸한 부추김이여! 행복의 교활한 환상이여!

오늘 아침 라 브뤼예르의 책을 읽다가 다음과 같은 구절을 발견했다.

"이따금 인생의 여정에는 금지되어 있지만 허락되기를 바라는 것이 너무나 당연할 정도로 즐겁고 달콤한 이끌림이 있게 마련이다. 이렇게 크나큰 매력은 덕성으로 그것을 포기할

줄 알아야 극복할 수 있다."

도대체 왜 나는 여기서 변명거리를 찾아냈던가? 사랑의 매력보다 더욱 강렬하고 그윽한 매력이 나를 은밀하게 감싸고 있기 때문일까? 오, 사랑의 힘으로 우리 두 사람의 영혼을 동시에 사랑 저 너머로 이끌 수만 있다면……!

아! 이제 나는 너무나 잘 이해할 수 있다. 하느님과 제롬 사이에 나 자신 말고 다른 장해물은 없다는 것을. 제롬이 이야기하는 것처럼 나에 대한 그의 사랑이 처음에는 그를 하느님께 인도했다 할지라도 지금은 그 사랑이 그것을 막고 있는 것이다. 그가 나 때문에 머뭇거리고 하느님보다 나를 더 좋아하기에 나는 그의 덕성을 더 멀리까지 밀고 나가지 못하게 방해하는 우상이 되고 말았다. 우리 둘 가운데 하나라도 덕성에 다다를 수 있어야 한다. 제 비겁한 마음속에서는 사랑을 뛰어넘는 것에 절망을 느끼고 있으니, 주여, 더는 절 사랑하지 않도록 그를 인도하여 주시옵소서. 제 가치보다 무한히 더 훌륭한 그의 가치를 주님께 바칠 수 있도록……. 오늘 제 영혼이 그를 잃게 되어 흐느껴 운다 해도 그것은 훗날 당신의 품 안에서 그를 다시 만나기 위함이 아니겠나이까…….

오, 주여! 말씀하소서. 어떤 영혼이 그의 영혼 이상으로 당신께 꼭 알맞은 적이 있었습니까? 그는 저를 사랑하는 것보다 더 훌륭한 일을 하려고 태어나지 않았습니까? 그가 저를 향한 발걸음을 멈춘다면 제가 그를 더 사랑할 수 있겠습니까? 과감해질 수 있는 그 모든 것이 행복 속에서는 얼마나 위축되어버리는 것인지요……!

일요일

"하느님이 우리를 위하여 더 좋은 것을 예비하셨은즉."

5월 3일 월요일

행복이 여기 바로 옆에 놓여 있으니……. 손만 뻗치면 그것을 잡을 수 있을 텐데…….

오늘 아침 그와 이야기하면서 나는 희생을 다 바친 것이나 다름없었다.

월요일 저녁

내일 그가 떠난다…….

다정한 제롬, 나는 늘 끝없는 애정으로 너를 사랑해. 하지만 이제부터는 네게 절대 그런 말을 할 수 없을 거야. 내가 내 눈과 내 입술과 내 마음에 지게 하는 구속이 너무나 힘겨워서 너와 헤어지는 것이 내게는 해방이자 씁쓸한 만족이기도 하구나.

나는 이성적으로 행동하려고 애쓰지만 행동해야 할 순간이 되면 나를 조종하던 이성이 빠져나가 버리거나 어리석게 느껴진다. 더는 이성을 믿지 않는 것이다…….

내가 그를 피하는 이유? 이제 그런 이유는 필요하지 않다……. 그렇게 슬퍼하면서도, 왜 피하는지 깨닫지 못하면서도 나는 그를 피한다.

주여! 제롬과 저, 저희 둘이 서로에게 인도되어 당신께 나아갈 수 있도록 해주소서. "형제여, 힘들거든 내게 기대라" 하고 이따금 한 사람이 말하면 "내 곁에 네가 있음을 느끼는 걸로 충분해……"라고 대답하는 두 순례자처럼 나란히 인생의 여정을 걸어가게 해주소서. 아니옵니다! 주여, 당신께서 저희에게 가르쳐주신 길은 좁은 길, 둘이서 함께 걸을 수 없는 좁은 길이옵니다.

7월 4일

내가 이 일기장을 펼치지 않은 지도 여섯 주가 넘었다. 지난달에 이 일기의 몇 페이지를 다시 읽다가 문득 잘 쓰려고 하는 어처구니없고 죄스러운 마음을 발견했다……. '그' 때문이다…….

그 없이 살아가는 데 도움이 될까 해서 시작했던 이 일기장에서도 나는 계속해서 '그'에게 편지를 쓰고 있었던 것이나 다름없었다.

나는 '잘 썼다'고 생각되는 페이지를 모두 찢어버렸다(나는 그 페이지들이 무엇을 뜻하는지 알고 있다). 그와 관련되는 모든 페이지를 찢어버려야 했다. 다 찢어버려야만 했다……. 그렇지만 나는 교만함 때문에 그렇게 할 수 없었다. 내 마음이 이렇게 병들지 않았더라면 웃어넘겼을 교만함 때문에.

그 몇 페이지만 없애고도 정말로 내가 훌륭한 일을 해낸 듯하고, 어떤 대단한 걸 없애버린 것처럼 느꼈던 것이다!

7월 6일

책장에서 책을 추방해야만 했다…….

나는 책마다 그를 피하고 있지만 자꾸 다시 만나게 된다. 그 없이 펼쳐보는 페이지에서도 내게 그것을 읽어주는 그의 목소리를 듣는다. 나는 그가 흥미를 보이는 것에만 흥미를 느끼고, 나와 그의 생각이 한 치도 어긋나지 않아서 우리의 생각을 혼동하는 것을 즐겁게 여겼던 시절과 마찬가지로 우리 둘의 생각을 구별할 수 없는 지경이 되었다.

그의 문장 흐름에서 벗어나려고 이따금 나는 형편없는 글을 쓰려고 애쓴다. 하지만 그에게 저항해 싸운다는 것은 아직 관심을 기울인다는 뜻이리라. 얼마 동안 나는 성경(어쩌면 《그리스도를 본받아》도 함께)밖에는 읽지 않고, 이 일기장에는 매일 내 독서에서 눈에 띄는 구절 말고는 적지 않겠다고 결심한다.

이 일기 뒤에는 '나날의 양식'이란 것이 있는데, 7월 1일부터는 매일 성경에서 인용한 구절이 하나씩 적혀 있었다. 여기에는 주석이 덧붙어 있는 부분만 옮겨 적는다.

7월 20일

"가서 네게 있는 것을 다 팔아 가난한 자들에게 주라."

오직 제롬을 위해서만 쓰고 있는 이 마음을 가난한 이들에게 주어야 함을 깨닫는다. 더불어 이것을 그에게도 행하도록 인도해주는 게 어떨까……? 주여, 제게 그러한 용기를 주소서.

7월 24일

《내면의 위안》을 읽는 것을 멈췄다. 이 책의 옛날 언어는 무척 흥미로웠지만 내 마음을 어지럽게 했다. 거기서 맛본 이교도적인 기쁨은 내가 감화를 받을 수 있을 거라고 생각했던 것과는 아무런 상관도 없었다.

《그리스도를 본받아》를 다시 읽기 시작했다. 내가 도무지 이해하기 어려운 라틴어로 읽은 것이 아니다. 번역본에 옮긴 이의 서명이 없다는 게 마음에 든다. 신교파의 번역임이 틀림없지만 표제에 '모든 기독교 단체에 적합함'이라고 적혀 있다.

"오! 네가 덕성을 쌓아나감으로써 어떤 평화를 얻을 수 있고, 또 어떤 기쁨을 타인에게 줄 수 있는지를 안다면 너는 더욱 정성 들여 노력하리라는 것을 나는 믿느니라."

8월 10일

주여, 제가 당신을 향해 어린아이 같은 신앙심의 충동과 천사들의 초인적인 음성으로 외칠 때……

이 모든 것이 제롬이 아니라 당신에게서 비롯된 것임을 저는 아나이다.

하지만 어찌하여 당신과 저 사이 모든 곳마다 그의 모습을 놓으시나이까?

8월 14일

이 일을 완성하려면 앞으로 두 달 남짓…… 오, 주여 저를 도와주소서!

8월 20일

나는 잘 느낄 수 있다. '나의 슬픔'으로 느낄 수 있다. 내 마음속에서 아직 희생이 이루어지지 않았음을. 주여, 그만이 제게 알게 해주었던 그 기쁨을 오직 당신을 통해서만 얻을 수 있게 하소서.

8월 28일

나는 그 얼마나 하찮고 한심한 덕성에 이르렀는가! 내가 나 자신에게 지나친 요구를 하고 있다는 건가? 이제 더는 그것을 받아들일 수 없다. 그 무슨 비겁함으로 언제나 주의 힘에 매달리는가! 이제 내 모든 기도는 탄식에 불과하다.

8월 29일

"들의 백합화가 어떻게 자라는가 생각하여보라."

이토록 단순한 이 말씀이 오늘 아침 아무리 해도 빠져나올 수 없는 슬픔 속에 나를 빠뜨렸다. 들판으로 나갔는데, 나도 모르게 끊임없이 되뇌던 이 말씀으로 말미암아 내 마음과 두 눈은 눈물로 가득 차올랐다. 나는 쟁기 위에 몸을 굽힌 농부가 애쓰며 일하고 있는 텅 비고 광활한 들판을 바라봤다⋯⋯. '들의 백합화 ⋯⋯.' 그렇지만 주여, 백합화는 어디에 있나이까?

9월 16일 밤 열 시

나는 그를 다시 만났다. 그는 여기 이 지붕 아래 머물고 있다. 나는 그의 창문에서 새어나와 잔디밭을 비추고 있는 불빛을 바라본다. 내가 이 몇 줄을 적고 있는 동안 그도 깨어 있다.

어쩌면 나를 생각하고 있는지도 모른다. 그는 변하지 않았다. 그도 그렇게 말하고 나도 마찬가지로 느낀다. 그의 사랑이 나를 외면하도록 하기 위해 내가 바꾸기로 결심한 모습을 그에게 보여줄 수 있을까……?

9월 24일

오! 마음속으로는 기절할 것 같으면서도 무관심과 냉담함을 거짓으로 꾸밀 수 있었던 잔인한 대화……. 지금까지는 그를 피하는 것으로 만족했다. 오늘 아침, 나는 하느님께서 내게 이겨낼 힘을 주셨으며, 싸움에서 끊임없이 몸을 피하는 것도 비겁한 행동이라는 것을 믿게 되었다. 내가 승리한 걸까? 제롬은 예전보다 나를 덜 사랑하는 걸까……? 아! 이는 내가 바라는 것이면서 두려워하는 바이기도 하다……. 내가 그를 지금보다 더 많이 사랑한 적은 결코 없었으니.

그러나 주여, 저로부터 그를 구원하기 위해 제가 사라져야 한다면 뜻대로 하소서!

"제 마음과 영혼 속으로 들어오셔서 제 안에서 제 고통을 짊어지시고, 당신이 받으실 수난으로 괴로워할 제 마음속 고통을 계속해서 너그러이 보아주소서."

우리는 파스칼에 대한 이야기를 나눴다……. 내가 그에게 무슨 이야기를 할 수 있었겠는가? 얼마나 부끄럽고 가당치 않은 말이었던가! 그런 이야기를 하면서도 괴로웠지만 오늘 저녁에는 그것이 하느님에 대한 무례함으로까지 느껴진다. 나는 두꺼운 《팡세》를 다시 집어 들었다. 우연히 펼친 곳이 로아네 양에게 보내는 편지 가운데 한 구절이다.

"이끄는 이를 기꺼이 따를 때는 속박을 느끼지 않습니다. 그러나 저항하기 시작하고 멀리 떨어져 걷기 시작하면 몹시 괴로운 법입니다."

이 말이 너무도 직접적으로 내 마음에 와 닿았기에 나는 계속해서 읽어나갈 힘이 없었다. 하지만 책의 다른 부분을 펼치다가 내가 알지 못했던 감탄할 만한 구절을 발견하곤 그것을 조금 전에 옮겨 적었다.

이 일기의 첫 번째 권은 여기에서 끝난다. 아마 그 뒤의 또 한 권은 없애버린 모양이었다. 알리사가 남긴 봉투 안의 일기는 그로부터 3년 뒤 퐁괴즈마르에서 9월, 그러니까 우리가 마지막으로 만나기 조금 전에야 다시 시작되었다.

이 마지막 권의 일기는 다음과 같은 구절로 시작한다.

9월 17일

주여, 제가 당신을 사랑하려면 그가 필요하다는 것을 당신은 잘 아십니다.

9월 20일

주여, 당신께 제 마음을 바치도록 제게 그를 돌려주소서.

주여, 그저 그를 만나게만 해주소서.

주여, 당신께 제 마음을 바칠 것을 맹세하나이다. 제 사랑이 당신께 청하는 것을 허락해주소서. 제 삶에 남아 있는 것을 당신께만 바치겠나이다······.

주여, 이 비겁한 기도를 용서하소서. 하지만 저는 그의 이름을 제 입술에서 떼어놓을 수 없고 제 마음의 고통도 잊을 수 없나이다.

주여, 당신께 외치나이다. 저를 슬픔 속에 그냥 버려두지 마소서.

9월 21일

"너희가 내 이름으로 무엇을 구하든지······."

주여! 당신의 이름으로 제가 어떻게 감히······.

하지만 제 기도를 입 밖에 내지 못한다 해도 제 마음의 열렬한 소원을 당신께서 모르시지는 않겠지요?

9월 27일

오늘 아침부터 내내 마음이 평온하다. 묵상과 기도로 밤을 지새우다시피 했다. 어린 시절 성령을 상상해봤던 것과 아주 비슷하게 찬란한 빛의 평화 같은 것이 갑자기 나를 둘러싸고 내게 강림하는 듯했다. 내 기쁨이 신경의 흥분에 불과한 게 아닐까 두려워져 곧 잠자리에 들었다. 그리고 그 천상의 행복이 사라지기 전에 재빨리 잠들었다. 그 행복감은 오늘 아침에도 그대로 남아 있다. 이젠 그가 올 거라는 확신이 든다.

9월 30일

제롬! 나의 벗, 내가 아직도 동생이라고 부르지만 동생보다 더 끝없이 사랑하는 너……. 너도밤나무 숲 속에서 몇 번이나 네 이름을 소리쳐 불렀는지……! 매일 저녁 해 질 무렵이면 나는 채소밭의 작은 문으로 나가 이미 어두워진 가로수 길을 내려간다……. 네가 갑자기 대답한다 해도, 내 눈길이 황급히 둘러보는 돌투성이 비탈 뒤에서 네가 모습을 드러낸다 해도, 또는 멀리 벤치 위에 앉아 나를 기다리는 네 모습이 보인다 해도 내 가슴은 놀라 뛰지 않을 것이다……. 그런데 또 반대로 나는 너의 모습이 보이지 않아서 놀라고 만다.

10월 1일

아직 아무 일도 없다. 그 어느 때보다도 맑은 하늘 속으로 태양이 저물었다. 나는 기다린다. 머지않아 바로 이 벤치 위에서 그와 함께 앉아 있을 것임을 안다……. 벌써 그의 목소리가 들린다. 나는 그가 내 이름을 부르는 소리를 듣는 걸 무척 좋아한다……. 그가 여기에 있게 될 것이다! 그의 손에 내 손을 맡기리라. 그리고 그의 어깨에 얼굴을 기댈 것이다. 나는 그의 곁에서 숨을 쉬게 되리라. 벌써 어제도 그의 편지 몇 장을 다시 읽어보려고 가져갔다. 하지만 그의 생각에 지나치게 골몰하다 보니 읽을 수가 없었다. 지난 어느 여름, 그가 떠나지 않기를 바라는 동안 매일 저녁 내 목에 걸고 다녔던, 그가 좋아하는 자수정 십자가도 갖고 나갔다. 나는 이 십자가를 그에게 주고 싶다. 벌써 오래전부터 이런 꿈을 꿔왔다. 그가 결혼하면 그의 첫딸 알리사의 대모가 되어 그 애에게 이것을 주리라는……. 왜 나는 그에게 이런 이야기를 한 번도 하지 못했던가?

10월 2일

오늘은 하늘에 둥지를 튼 새처럼 마음이 가볍고 즐겁다. 그가 오는 날이다. 그런 느낌이 들고 그것을 알 수 있다. 모든 사람에게 외치고 싶다. 나는 여기에라도 그것을 써두어야겠다고 느낀다. 더는 내 기쁨을 숨기고 싶지 않다. 보통 때는 그토록 생각 없고 내게 무관심하던 로베르조차 내 기쁨을 알아차렸다. 로베르가 물어보는 통에 나는 당황해서 뭐라 대답해야 좋을지 몰랐다. 오늘 저녁까지 어떻게 기다린단 말인가……?

투명한 띠 같은 것이 여기저기에서 그의 모습을 확대해 보여주며 내 가슴의 불타는 초점 한 곳에 사랑의 모든 빛을 모아 놓는다.

오! 기다림은 얼마나 나를 지치게 하는지……!

주여! 행복의 넓은 문을 잠깐이나마 제 앞에 열어주소서.

10월 3일

모든 것이 사라져버렸다. 그는 그림자처럼 내 품에서 빠져 나갔다. 그가 여기 있었는데! 바로 여기에 있었는데! 나는 아직도 그를 느끼고, 그를 부른다. 내 손과 입술은 어둠 속에서 그를 찾지만 소용없다……. 기도를 올릴 수도, 잠을 이룰 수도 없다. 나는 어두운 정원으로 다시 나가봤다. 내 방에서도, 집안 어디에서도 두려울 뿐이다. 슬픔은 그를 남겨두었던 문까지 나를 다시 이끌고 갔다. 미친 듯한 희망을 품고 나는 다시 그 문을 열었다. 그가 돌아왔다면! 나는 그를 불렀다. 어둠 속에서 더듬거렸다. 나는 그에게 편지를 쓰려고 돌아왔다. 이 깊은 슬픔을 참을 수가 없다.

도대체 무슨 일이 있었던 걸까? 그에게 무슨 말을 했던 걸까? 내가 무슨 짓을 한 걸까? 무엇 때문에 여전히 그의 앞에서 내 덕성을 과장하는 걸까? 내 마음 전체가 부인하는 덕성이 무슨 의미가 있다는 걸까? 하느님께서 내 입술에 제시해주신 말을 나는 교묘히 배반했다……. 내 마음을 부풀어 오르게 하던 모든 것 가운데 아무것도 입 밖으로 나오지 못했다. 제롬, 제롬! 곁에 있으면 내 가슴이 찢어지는 것 같고, 멀리 떨어져 있으면 내 생명이 죽어가는 것 같은 나의 애끓는 친구여. 조금 전에 네게 했던 모든 이야기 가운데 오직 내 사랑이 말했던 것만을 들어주기를.

썼던 편지를 찢어버렸다. 그러고는 다시 썼다……. 새벽이 되었다. 눈물 젖은 내 생각만큼이나 슬픈 잿빛 새벽……. 농장에서 하루를 여는 첫 소리들이 들려오고 잠들었던 모든 것이 다시 삶을 시작한다…….

"이제는 자고 쉬고 보라. 때가 가까이 왔으니…….."

편지는 부치지 않을 것이다.

10월 5일

제게서 그를 빼앗아가신 질투심 많은 하느님, 이젠 제 마음도 뜻대로 하소서. 이제부터는 어떤 열정도 제 마음에선 굴복하고 말 것이며, 그 어떤 것도 흥미를 끌지 못할 것입니다. 그러니 제게 남은 이 슬픔을 이겨낼 수 있도록 저를 도와주소서. 이 집, 이 정원은 견딜 수 없이 제 사랑을 북돋고 있습니다. 오직 당신만을 뵈올 수 있는 장소로 도망치고 싶나이다.

제가 가진 재산을 당신의 가난한 백성을 위해 쓸 수 있게 도와주소서. 쉽게 팔 수 없는 퐁괴즈마르는 로베르를 위해 남겨두도록 해주소서.

나는 유언장을 써두긴 했지만 필요한 서식을 제대로 알지 못한다. 어제 공증인과 만났지만 내 결심을 그가 알아채고 쥘리에트나 로베르에게 알릴까 봐 두려워 이야기를 충분히 나누지 못했다……. 이 일은 파리에서 마저 해야겠다.

10월 10일

몹시 피곤해서 이곳에 도착해 처음 이틀은 자리에 누워 지내야만 했다. 내 뜻과 다르게 불려온 의사는 수술이 필요하다고 말했다. 항의해본들 무슨 소용이 있겠는가? 하지만 나는 수술이 두렵고 '당분간 기운이 회복되기'를 기다리는 편이 낫겠다는 말로 그를 쉽게 설득했다.

나는 이름과 주소를 숨길 수 있었다. 나를 받아들이고, 또 주님이 필요하다고 판단하시는 동안 보살핌을 받는 데 아무 어려움이 없도록 요양원 사무실에 돈을 넉넉히 맡겨놓았다.

이 방이 마음에 든다. 완벽한 청결함만으로 벽의 장식은 충분하다. 즐거운 마음까지 드니 참으로 놀랍다. 그것은 내가 이 삶에서 더는 아무것도 바라지 않아서다. 이제 나는 하느님께 만족하며, 그분의 사랑은 우리의 모든 자리를 온전히 다 차지할 때만 그 귀중함을 보여주신다…….

나는 성경 말고 다른 책은 가져오지 않았다. 하지만 오늘은 성경에서 읽는 말씀보다 파스칼의 이 격렬한 울부짖음이 내 마음을 더 크게 울린다.

"하느님이 아닌 다른 모든 것은 나의 기대를 채워주지 못한다."

오, 경솔한 내 마음이 바라고 구하던 너무나도 인간적인 기쁨이여⋯⋯. 주여! 당신께서 저를 절망하도록 한 것은 이 외침을 듣기 위하심이었나이까?

10월 12일

당신의 나라가 오기를! 제게 당신의 나라가 오기를! 그리하여 오직 당신만이 제 위에 군림하시기를. 저는 제 마음을 두고 더 이상 흥정하는 것을 원하지 않나이다.

몹시 늙어버린 것처럼 피로하면서도 내 영혼은 이상한 동심을 간직하고 있다. 나는 여전히 방 안의 모든 것이 정돈되어 있고 벗어놓은 옷을 침대 머리맡에 잘 개켜두지 않곤 잠을 이루지 못했던 예전의 어린 소녀인 듯하다⋯⋯.

이렇게 내 죽음을 준비하고 싶다.

10월 13일

없애버리기 전에 내 일기를 다시 읽어봤다.

"자신이 느끼고 있는 혼란을 전파한다는 것은 훌륭한 마음을 지닌 사람들에게는 옳지 못한 일이다."

이 아름다운 말은 클로틸드 드 보의 것이라고 생각된다.

이 일기를 불 속에 던지려는 순간 일종의 경고 같은 것이 나를 말렸다. 이 일기는 이미 내게 속한 게 아니고, 내겐 제롬한테서 이것을 빼앗을 권리가 없으며, 오직 그를 위해서만 이것을 써왔던 것처럼 느껴졌다. 내 불안과 의혹은 오늘에 이르러서는 너무도 가소로운 것으로 보여서 거기에 더는 중요성을 부여할 수 없으며, 제롬이 그것 때문에 동요할 거라고 생각할 수도 없다.

주여, 저 자신은 도달하는 데 절망했던 덕성의 정상까지 그를 밀어 올리고자 열망하는 영혼의 서툰 표현을 그가 가끔이라도 여기에서 발견할 수 있게 해주소서.

"주여, 제가 다다를 수 없는 그 반석 위로 그를 인도하소서."

10월 15일

"기쁨, 기쁨, 기쁨, 기쁨의 눈물……."

인간적인 기쁨 너머 모든 고뇌의 저편에서, 그렇다, 나는 그 찬란한 기쁨을 예감한다. 내가 다다를 수 없는 그 반석의 이름이 행복이라는 것을 잘 알고 있다……. 행복에 다다르기 위한 게 아니라면 내 삶은 모두 헛된 것임을 깨닫는다…….

아! 주여, 그렇지만 당신께서는 자신을 버리는 순결한 영혼에게 그 행복을 약속하셨나이다.

"복이 있도다."

당신의 거룩하신 말씀이었습니다.

"지금 이후로 주 안에서 죽는 자들은 복이 있도다."

죽음을 맞이할 때까지 기다려야 하나이까? 여기에서 제 믿음은 흔들리나이다. 주여! 제 모든 힘을 다해 당신께 외치나이다. 저는 어둠 속에 있나이다. 그리고 밝은 빛을 기다리나이다. 목숨이 다하도록 당신께 외치나이다. 제 마음의 갈증을 풀어주러 오소서. 저는 지금 그 행복에 목말라 하나이다······. 아니면 제가 그 행복을 갖고 있다고 생각해야 하나이까? 날이 밝음을 알리기보다는 먼동이 트기 전부터 조급하게 지저귀는 새처럼 저는 어둠이 가시기를 기다리지 않고 노래를 불러야 하나이까?

10월 16일

제롬, 나는 네게 완벽한 기쁨을 알려주고 싶어.

오늘 아침, 구토증이 발작해 기진맥진한 상태가 되었다. 발작하고 나서는 나 자신이 너무도 약하게 느껴져 잠시 죽음을 바라기도 했다. 아니다, 처음에는 온몸에 더할 수 없는 평온이 찾아왔다. 그러고는 극심한 고통이, 육체와 영혼의 전율이 나를 휘감았다. 그것은 마치 생명에 대한 환상에서 깨어나도록 하는 갑작스러운 '계시'와도 같았다. 내 방의 끔찍하게 벗겨진 벽이 처음으로 내 눈에 띈 듯했다. 겁이 났다. 지금도 여전히 나는 마음을 안정시키고 가라앉히려고 이 글을 쓰고 있다. 오, 주여! 당신께 무례를 저지르지 않고 끝까지 다다를 수 있게 도 와주소서.

나는 다시 일어설 수 있었다. 그리고 어린아이처럼 무릎을 꿇었다…….

나 혼자라는 사실을 또다시 깨닫기 전에 지금 빨리 세상을 떠나고 싶다.

지난해에 쥘리에트를 다시 만났다. 내게 알리사의 죽음을 알려준 그녀의 마지막 편지를 받은 지 10년이 지난 뒤였다. 테시에르 가족은 소란한 시내의 푀셰르 길에 있는 상당히 아름다운 집에 살고 있었다. 프로방스를 여행하다 잠시 들르겠다는 것을 편지로 미리 알려두기는 했지만 대문을 넘어서면서 내 마음은 꽤 설레었다.

하녀의 안내로 응접실에 가 있으니 조금 뒤 쥘리에트가 들어왔다. 마치 플랑티에 이모를 보는 듯했다. 이모와 똑같은 몸짓과 체격에다 숨 가쁘게 친절한 것까지 같았다. 쥘리에트는 대답도 기다리지 않고 내 경험담이며 파리에서 지내는 거처며 직업이며 교우 관계까지 다짜고짜 질문을 퍼부었다. 남프랑스에는 무슨 일로 왔는지? 나를 만나면 에두아르가 무척 기뻐할 텐데 왜 에그비브까지 가보지 않는 건지……? 그러고 나서 그녀는 모든 사람의 소식을 들려준 뒤 자기 남편과 아이들, 동생 이야기나 지난번 수확과 불경기 등에 대해 이야기했다……. 나는 로베르가 퐁괴즈마르의 집을 팔고 에그비브에 와서 살면서 이제 에두아르의 동업자가 된 것을 알게 되었다. 에두아르는 출장을 다니거나 사업 계약에 전념하고, 로베르는 포도 묘목을 개량하고 밭을 확장하는 일을 맡아 한다고 했다.

그러는 동안 나는 과거를 떠올리게 하는 것들을 불안한 눈길로 찾아봤다. 응접실의 새 가구들 사이에서 퐁괴즈마르에 있었던 가구 몇 점을 알아볼 수 있었다. 하지만 쥘리에트는 나한테서 흔들리고 있는 그 과거를 이제 모르거나 우리 마음을 거기서 돌리려고 애쓰는 것처럼 보였다.

열두 살과 열세 살짜리 사내아이 둘이 계단에서 놀고 있었다. 쥘리에트는 그 애들을 불러 내게 인사시켰다. 맏딸인 리즈는 제 아버지를 따라 에그비브에 갔고 열 살 난 또 다른 사내아이는 놀러 나갔다가 곧 돌아올 거라고 했다. 알리사의 죽음을 알리면서 쥘리에트가 해산을 기다리고 있다고 했던 바로 그 아이였다. 그때 워낙 고생해서 쥘리에트는 오래도록 힘겨운 시간을 보냈다고 했다. 그런데 지난해 마음을 고쳐먹었

느지 딸아이를 또 하나 낳았다. 그녀가 하는 말을 듣고 있자니 쥘리에트는 그 아이를 가장 예뻐하는 듯했다.

쥘리에트가 말했다.

"그 애는 바로 옆방에서 자고 있어. 그 애를 보러 가자."

내가 따라가자 그녀는 이렇게 물었다.

"오빠, 편지에는 감히 쓰지 못했지만…… 이 아이의 대부가 되어주겠어?"

나는 조금 놀라서 요람으로 몸을 기울이며 말했다.

"네가 좋다면 기꺼이 그럴게. 내 대녀의 이름이 뭐지?"

쥘리에트가 나직이 대답했다.

"알리사…… 알리사 언니를 좀 닮았지? 그렇지 않아?"

나는 잠자코 쥘리에트의 손을 꼭 잡았다. 제 엄마가 안아 올리자 어린 알리사는 눈을 떴다. 나는 그 아이를 받아서 내 팔에 안았다.

쥘리에트는 웃으려고 애쓰며 말했다.

"오빠는 참 좋은 아버지가 될 텐데! 결혼하지 않고 뭘 기다리는 거야?"

"많은 일을 잊어버리기를."

그러자 그녀의 얼굴이 붉어졌다.

"금방 잊어버리기를 바라는 거야?"

"절대 잊어버리지 않기를 바라지."

"이리로 와봐."

쥘리에트는 불쑥 이렇게 말하더니 좀 더 작고 어두운 방으로 먼저 들어갔다. 그 방의 한쪽 문은 그녀의 침실로 나 있고 다른 한쪽 문은 응접실로 나 있었다.

"잠깐 짬이 날 때면 나는 여기로 피신하곤 해. 집 안에서 가장 조용한 방이거든. 이곳에 있으면 삶으로부터 도피해 있는 듯한 느낌이 들어."

이 작은 방의 창문은 다른 방들의 창문처럼 도시의 소음 쪽을 향하지 않고 나무들이 있는 안뜰 쪽을 향하고 있었다.

쥘리에트는 안락의자에 털썩 앉으면서 말했다.

"여기 앉아. 내가 제대로 이해한 게 맞다면 오빠는 알리사 언니와의 추억 속에 충실하게 남아 있겠다는 거지?"

나는 잠깐 잠자코 있었다.

"그보다는 알리사가 내게 품고 있던 생각에 충실하자는 편이 더 정확하겠지……. 아니, 그렇다고 그걸 내 장점이라고 여기지는 마. 나는 달리 어쩔 도리가 없다고 생각하니까. 만약 내가 다른 여자와 결혼한다 해도 그저 사랑하는 척할 수밖에 없을 거야."

"아!"

쥘리에트는 무심한 듯 말하더니 내게서 얼굴을 돌리곤 잃어버린 무언가를 찾기라도 하는 것처럼 바닥으로 고개를 떨어뜨렸다.

"오빠는 희망 없는 사랑을 그렇게 오랫동안 마음속에 간직
할 수 있다고 믿어?"

"그래, 쥘리에트."

"그리고 그 위로 나날의 삶이 불고 지나가도 그 사랑이 꺼지
지 않을 수 있다고 믿는 거야?"

저녁의 어슴푸레함이 잿빛 파도처럼 밀려오자 어둠 속에
잠긴 각각의 물건은 그 속에서 되살아나 지나간 일들을 나직
한 목소리로 들려주는 듯했다. 쥘리에트가 알리사의 가구를
모두 이곳에 모아놓았기에 마치 알리사의 방을 다시 보는 것
같았다. 쥘리에트가 내게로 다시 고개를 돌렸으나 얼굴 윤곽
조차 구분하기 어려워서 두 눈을 감은 건지 어쩐지도 알 수 없
었다. 그녀는 매우 아름다워 보였다. 그리고 이젠 우리 둘 다
말없이 앉아 있었다.

마침내 쥘리에트가 입을 열었다.

"자! 잠에서 깨어나야지……."

쥘리에트가 일어서서 한 걸음 앞으로 내딛다가 옆에 놓인
의자에 힘없이 다시 쓰러지는 것이 보였다. 그녀는 두 손으로
자기 얼굴을 감쌌는데 울고 있는 것처럼 보였다…….

하녀가 등불을 들고 들어왔다.

옮긴이 박효은

덕성여자대학교 불어불문학과와 미술사학과를 졸업하고 이화여자대학교 통역번역대학원에서 한불번역학 석사학위를 받았다. 현재 출판번역에이전시 베네트랜스에서 리뷰어와 번역가로 활동하고 있다. 옮긴 책으로는《행복한 사람들은 무엇이 다른가》《좁은 문》등이 있다.

좁은 문

초판 1쇄 발행 | 2019년 7월 1일

지은이 | 앙드레 지드
옮긴이 | 박효은

펴낸이 | 이삼영
펴낸곳 | 별글
블로그 | http://blog.naver.com/starrybook
등록 | 제 2014-000001 호
주소 | 경기도 고양시 덕양구 고양대로 1393, 2층 3C호(성사동)
전화 | 070-7655-5949   팩스 | 070-7614-3657

• 이 책은 저작권법에 따라 보호를 받는 저작물이므로 무단 전재와 복제를 금지하며, 이 책 내용의 전부 또는 일부를 사용하려면 반드시 저작권자와 별글 출판사의 서면 동의를 받아야 합니다.

• 책값은 뒤표지에 있습니다. 잘못된 책은 바꾸어 드립니다.

ISBN 979-11-89998-07-3
      979-11-86877-81-4(세트)

• 별글은 독자 여러분의 책에 대한 아이디어와 원고 투고를 기다리고 있습니다. 책 출간을 원하시는 분은 이메일 starrybook@naver.com으로 간단한 개요와 취지, 연락처 등을 보내주세요.